荆方 著

光阴拼图

拾起这岁月的碎片

新星出版社 NEW STAR PRESS

我将这遗忘在岁月深处的碎片一一拾起，
擦去尘埃，重新镶嵌，做成一张光阴的拼图。

目录

序

光阴拼图

整理旧照片时我惊讶地发现，年轻，竟然是二十多年前的事情了。时光如剑，将绵长的过往斩成细碎的片段，那曾经鲜活、美丽的碎片，渐渐隐入岁月深处，以致年深日久无从探问。儿时玩弹球、跳皮筋的平房小院，变成了密密麻麻的楼群小区；当年珍贵无比一直舍不得穿的条绒裤子，此刻被羊绒真丝和纯麻们掩埋在箱底；电影院里甜滋滋的美式焦糖小米花，已经替代了那“嘭嘭”作响的破旧爆米花机里崩出来的粗糙大米花。红尘滚滚，有多少温暖被时间冲淡？白云苍狗，有多少纯真如过眼云烟？有太多次我们不敢面对镜中的自己，因为我们不敢确定这个脑满肠肥、神情疲惫的中年人，是否就是当年那个没有肉吃，却整天精力旺盛、活得兴致勃勃的小孩子？

我将这遗忘在岁月深处的碎片一一拾起，擦去尘埃，重新镶嵌，做成一张光阴的拼图。只希望在每个无眠的夏夜或者忙碌的间隙，你能够静心坐下，让自己走进这张光阴的拼图，顺着记忆的脉络寻找当年的自己——那个穿着补丁裤、戴着红领巾的小豁牙子，他/她灿烂的笑容和纯真的眼神，都属于一个消失很久的年代。

公共大澡堂

小时候我最讨厌去公共大澡堂洗澡。那时候的妇女们去大澡堂洗澡总是拖儿带女，洗完这个洗那个，男孩七岁前都归母亲带着洗。淋浴喷头少，人多，大人叫，孩子哭，每次走进女澡堂我就会感到头晕眼花、胸闷气短。

不过据妈妈说，我第一次去公共澡堂洗澡，却表现得相当淡定，而且自得其乐。那年我不到两岁，妈妈带着我和姐姐一起去洗澡，妈妈给我洗完就给姐姐洗。将我放在盛满水的脸盆里让我自己玩，我百无聊赖地独自坐在脸盆里，身边是各种林立的大腿和屁股。这时候我发现地上有几颗瓜子壳，是那种大黑西瓜子壳，于是我爬出脸盆捡起一颗，找到一个合适的位置贴了上去，瓜子壳吸饱了水，一贴就中。当妈妈给姐姐洗完一回头，发现我身边那些雪白的大腿和屁股上，零零星星地长着硕大的"黑痦子"，再看一旁的我，正一丝不苟地往那些屁股和大腿上贴"黑痦子"。那些被贴的妇女们不是忙着搓泥，就是忙着照料孩子，根本没发现我的"艺术作品"。妈妈又气又笑，没敢声张，将我抱起来就走出了澡堂。临出澡堂子前我还恋恋不舍地回头看我的"作品"，随着那些女人的动作，"黑痦子"纷纷掉落，只有一个给同伴搓澡的妇女，后脊梁上的"黑痦子"随着身体的起伏，高低闪现，非常惹眼。

种牛痘

前几天有一张小宝怕打预防针的照片爆红网络，那胖乎乎的小宝面对白大褂叔叔时可怜巴巴的小眼神，瞬间打动了所有有着相同童年经历的大朋友们。那是人最初的恐惧和无奈。

我种牛痘那年是在幼儿园。那是一个平静的中午，孩子们谁也不知道下午厄运就降临——种牛痘。我们在铺满小床的大寝室睡午觉，我闭眼躺着还没睡着，就听到两个老师站在床边小声聊天，李老师说："下午要来种牛痘啊？这次我可要小心点，上次打预防针，一个孩子四蹄乱蹬，一脚踹到我心口上，我差点背过气去！"王老师听了轻轻笑起来，说："那你要注意啊！种牛痘更疼，你别让孩子再踹着。"我听到她们的对话，像待宰的牛犊听到了磨刀声，吓得浑身一激灵，再也睡不着了。

起床铃声响起，不明真相的小朋友们兴高采烈地跑出寝室奔向教室。不一会儿一片惨叫声传来——接种牛痘开始，幼儿园顿时变成人间地狱。我们班接种完毕，李老师发现少了一个我，好几个老师找遍教室都没发现失踪的我。后来李老师跑回寝室，在一张小床的底下揪出瑟瑟发抖的我。被她揪出来那一瞬间，我就知道还是没躲过这一劫，我号啕大哭，四蹄乱蹬，但还是被按住接种了牛痘。

至今我看到胳膊上那个小圆疤，还想起那锥心的疼痛。

静

不要忘记
斗争
反革

小反动

“文革”是个因言获罪的年代，政治禁忌多如牛毛，提到领袖和党的时候更要千万小心，因为不知道哪句就踩到雷区。

我从小就有点缺心眼儿，六岁的时候，有一次我们幼儿园组织看电影，那时候每场电影前都会加演纪录片，那天纪录片放的是毛主席接见非洲某国领导人，当时已经是一九七三年，画面里的毛主席大腹便便，眼袋下垂，看着衰老的他，我突然想起一个非常深奥的问题：他会死吗？那时候我还不太明白死亡，但我知道胡同里的张奶奶死了，我就再没见过她。想到这里我不禁为这位老人担忧起来，一不留神说出口：“毛主席会死吗？”这一句话被旁边的小朋友听到了，他们立刻像麻雀一样聒噪起来，纷纷用小手点着我的头说：“小反动小反动小反动！”我们的动静惊动了后排的老师，但当时电影刚好正式开始，老师忙着看电影，没工夫搭理我们，只是不耐烦地吹了一下哨子制止了聒噪，并没深究。事后也没人向老师汇报，这件事就不了了之。

晚上我回家一说，把妈妈和奶奶吓得半死，以我家的小业主成分，这件事情要追究起来就太可怕了。妈妈命令我在家装病，好几天没敢去幼儿园，后来看看没什么动静，才正常送我去幼儿园上学。三年后，伟大领袖果然永远地离开了我们，当时我那个哭啊，边哭边想：毛主席，你真的会死啊？

我跟自行车的恩怨

七十年代我家有一辆永久牌二八自行车，这是全家最值钱的物品，不亚于现在家庭里的宝马汽车。每周日爸爸都骑上“宝马”带我去兜风，那时候每家都好几个孩子，大人既要抓革命又要促生产，基本不带孩子出去游玩，所以我每周日的兜风活动让全院里的孩子羡慕得眼睛发红。

后来爸爸去了五七干校，每个月才能回来一次，回来后情绪也不高，没心思带我去兜风了。这时候院子里的孩子们看着失落的我，都充满了幸灾乐祸的快乐。有一次爸爸回家后，我独自走到院子里，一眼看到趾高气扬的高大自行车，我突然将不能兜风的怒火撒到它身上，我跑到自行车跟前怒吼：“你这个破车！”伴随着怒吼我出腿向它踹去，自行车被我一踹失去了平衡，晃了一下向我倒来。二八加重自行车对于我来说简直就是庞然大物，我吓傻了，忘记了躲避。我站在自行车侧面中间位置，正好是大梁的下面，自行车倒向我的时候奇迹发生了，当时我下意识一缩脖，大梁擦过我的头皮倒在我背后，我正好被圈在大梁和斜梁构成的三角区里，所以除了头皮被大梁擦得生疼外，我没有受伤。但我受了巨大惊吓，我摸着脑袋站在自行车三根梁构成的三角区里，哇哇大哭。

这次事件以后我对自行车有了一种恐惧，再也不敢跟它叫板了，甚至没有大人陪伴，我都不敢靠近这个“钢铁怪侠”。

表哥表妹情谊深

现在是“四二一”家庭：一个孩子身边围绕两个年轻人和四个老人，众星捧月一般伺候着一个小皇帝。我们小时候也是“四二一”，不过是倒着的：两个大人带好几个孩子，大一点的孩子还要负责带更小的孩子。我出生在中国生育高峰期，我出生的前后几年我们家族有好几个孩子出生，姥姥和奶奶照顾孩子的档期被排得满满的，根本就没时间照顾我，只能将我送到保姆家。

我断断续续在保姆家生活到三岁，这使我养成了强悍、泼辣的性格，完全不同于那些被奶奶姥姥带大的小面团儿们。两岁那年，妈妈带着我和姐姐去北京看望姥姥，当时姥姥正照看着跟我同年的小表哥，白天，妈妈将我和表哥放在同一辆小竹车里，让我们自己玩，并让比我们大六岁的姐姐看管我们俩。到晚上舅妈来接小表哥，她发现小表哥的脸蛋上有一个半圆形的红印子，舅妈判断这是牙印，而且确定是我咬的。妈妈不以为然，问作为看护的姐姐这牙印是怎么回事？姐姐却一问三不知。第二天，妈妈把我和表哥放在竹车里，自己在离竹车很近的地方干活，顺便听着竹车的动静。不一会儿，竹车里传来小表哥尖厉的哭声，妈妈一个箭步冲过去，只见我正用一只手拧住表哥的脸蛋，另一只手去抢他怀里的橡皮鸭子。妈妈立刻将痛哭的表哥抱出我的魔爪，再四下寻找作为看护的姐姐，她早跑得没影儿，不知道去哪里玩去了。

长姐如母

七十年代后期国家开始计划生育，所以八零后、九零后基本都是独生子女，他们鲜有兄弟姐妹的概念，对于几个兄弟姐妹争吃争喝、拉帮结派、既勾结又斗争的阶级感情完全不能理解。而我们小时候，姐姐负责带弟妹，哥哥负责替弟妹出头打架，这是多子女家庭里不成文的规矩。

那时候长姐就是一个家庭的小母亲：带弟弟妹妹玩耍、给弟妹穿衣、喂饭甚至洗澡、洗衣服，都是长姐的责任。女孩子玩游戏，总有一两个人是个“拖油瓶儿”——弟弟或者妹妹。跟继红玩就要忍受她弟弟继军的捣乱；跟大雁玩就要忍受她妹妹二雁的撒娇。我们有一次玩摸瞎儿游戏，游戏规则就是摸人的人自己把眼睛蒙上，被她摸到又被猜中名字的人就是失败者。这个游戏的关键就是要安静，摸人的那人就靠听力判断敌人的位置。这就难坏了那些带着弟弟妹妹的玩家，因为小家伙们才不管游戏规则，他们很难安静下来。于是，玩得兴起的继红和大雁，索性将各自的弟弟和妹妹藏进了衣柜，彻底杜绝泄密的隐患。那次我们玩得很尽兴，直到天黑才各自散去，继红和大雁回家后，妈妈们问她们弟弟和妹妹去哪儿了。这下继红和大雁才如梦初醒，记起遗忘在大衣柜里的两个小家伙，两位妈妈飞奔进邻居家，拉开大衣柜的大门，看见两个小家伙靠在被子垛里睡得正香。

拼哥时代

在我们小时候，家里有钱没钱、父亲是不是高干，这些都不重要。孩子出来混江湖最重要的一样东西是：哥哥。如果你拥有一个孔武有力、随时可以挥拳出击的哥哥，那就是拥有一枚核武器。如果你拥有两个这样的哥哥，那你基本就可以笑傲江湖。如果你拥有三个这样的哥哥，那你们家基本就是一个黑社会性质的团伙，别说同学不敢惹你，连邻居都要怕你家三分。

小时候孩子打架打到最后不是拼体力，是拼哥哥：这次你打赢了没关系，下次我把我哥叫来揍扁你！所以有哥哥的孩子一般都不会挨打——没有哪个傻蛋敢在太岁头上动土。而哥哥们似乎也很喜欢扮演这类角色，家里弟弟妹妹受欺负时哥哥们总是有求必应。如果说现在的孩子在学校受欺负，父母找老师协商解决好像是政府行为，我们小时候哥哥出去替你铲仇打架就好像是雇凶打人。父母找老师讲究的是顾全大局，有时候还要委曲求全；哥哥出去铲仇讲究的是快意恩仇、赏罚分明，所以我们小时候有哥哥的绝不麻烦父母。当然哥哥们也不能白出力，平时你也要有足够的好处给哥哥，比如过年的鞭炮被他都拿走你不能表示不满；看到他欺负女同学你也不能向父母告黑状。只有这样哥哥才会该出手时就出手，替你风风火火闯九州。

如果打架的双方都有哥哥怎么办？在替弟妹铲仇的道路上哥哥们相遇，往往会一笑泯恩仇，签订互不侵犯条约。如果事情发展到一定要哥哥们对垒，那事儿就大了，说不定会引起恶性案件，还可能惊动公安部门。

团结紧张

家有小弟

我小时候始终有两个遗憾，一是我弟弟七岁前在北京，我在家变成了最小的一个，这让我在弟妹成群的同学们中间鹤立鸡群，很不适应。二是我上面不是哥哥是姐姐，这使我面临肢体冲突时必须自己出马，而不能威胁性地警告对方："你等着！我回家告诉我哥！"

一年级时候，我们班经常有同学没有完成作业，他们告诉老师："我弟弟昨天把我作业本撕了！"老师恨恨地瞪他们一眼，却什么惩罚也没有；家长会的时候，他们告诉老师："我妈去参加我二妹的家长会了，我只能让我奶奶来。"谁都知道爷爷奶奶参加家长会纯粹是聋子的耳朵——摆设。跟他们比我太不幸了，作业必须按时交；家长会父母从不缺席，开完会回家一顿暴揍也从不缺席。

后来弟弟从北京回来上学，跟我一个学校，这时候已经不可能编织"弟弟撕作业本"的神话了，而替他铲仇打架的事情却没完没了。弟弟刚回来时既听不懂也不会说河南话，班里的孩子就喜欢欺负他，所以经常有他们班的好事者来向我报告他被打的消息。每到这时候，我就用光速冲到他们班，揪住那个肇事者就是一顿乱拳，这样的事情多了，我恶名远扬，他们班的孩子见我都躲着走，这样的结果我很满意，但让我伤心的是弟弟似乎并不领情。有一次我见他在校园里跟一个小姑娘玩得高兴，而我认出那个小姑娘前天刚欺负过他，我对于弟弟这种不分敌友的态度十分气愤，我冲过去一把将那小姑娘推了个屁股蹲儿，然后扬长而去。结果弟弟回家将这件事告诉了爸爸，导致我挨了爸爸两巴掌。

生吃瓜果要洗净
积极预防肠道传染病

童星梦

我小时候有过一次出名的机会，但因为我太馋，跟机遇失之交臂。

那年市防疫站要制作一组宣传夏季饮食卫生的宣传画，他们需要一个孩子做模特。妈妈带我去见了摄影师，当时有几个竞选者，但摄影师一眼就看中了白胖、憨厚的我，让我做了几个表情，他都很满意，于是约定拍摄时间。拍摄那天他带我走进摄影棚，我一进去眼睛立刻直了——满桌子的水果啊，苹果、鸭梨、葡萄，还有昂贵的香蕉！我小时候水果是非常珍贵的奢侈品，只有在电影和画报里才能看到这么多娇艳欲滴的水果堆在一起的画面，我家除了盛夏时两分钱一斤的西瓜和父母单位分的国光苹果外，基本吃不到水果。看到这么多从没吃过的水果，我失态了，露出一脸馋相，直勾勾地盯着水果。摄影师反复启发我托腮、歪头、微笑，我却置若罔闻，他累得一头大汗，我却看都不看他一眼。他无奈之下，让妈妈将我带出去开导一下，知女莫若母，妈妈进摄影棚一看就知道了问题所在，她把我拉出摄影棚小声哄我，要是将照片拍好，我就能吃一只香蕉。我领会错了她的意思，当第二次进摄影棚时，我直接要求吃香蕉，不吃香蕉不拍，摄影师说这些水果很珍贵，都不能吃，这是纪律。我满腔的压抑终于爆发，大哭起来，拍摄只能取消。后来，人家换上了另一个替补的小男孩，圆满完成了拍摄计划。

宣传画印刷出来后贴满了大街小巷，妈妈每次看到宣传画里笑容灿烂的小男孩，她都恨铁不成钢地狠瞪我一眼，我都自觉理亏地低头不语。

行走的餐桌

六零后们普遍对饥饿都有着深刻的记忆。我们的成长发育期正是物质匮乏的时代，主食勉强能吃饱，肉和菜是少而粗陋的，至于零食，那简直是天方夜谭。但爱吃零食是孩子的天性，既然没有商店里买来的零食，那就自己动手吧，也能丰衣足食，四季常有。

夏天最常吃的是槐花，那浓荫里一串串雪白的槐花，像一串串白色的奶葡萄，爬到树上用手一撸，手心里全是雪白的花瓣，清香中带着淡淡的甘甜，坐在树杈上，吃一串撸一串，想吃多少都管够。春天时候柳树抽芽，嫩嫩的柳芽清热败火，甜嫩里略带苦味，既可以像槐花那样撸着生吃，也可以拿回家用开水一烫，用醋和盐一拌，点几滴香油，就是一道好菜。冬天天寒地冻，从家里厨房弄点白薯干、玉米棒子，在野地里搭个灶，烤玉米、烤白薯干香飘十里，玉米豆烤热后“嘣吧”乱响，变成一个个爆米花，又香又脆。白薯干烤焦烤脆后，比现在商店里卖的士力架好吃多了。不想出屋子，就在家里的炉子上烤蒜瓣，将大蒜剥掉皮，白嫩嫩的蒜瓣排排整齐放在蜂窝煤炉子的盖上，不一会儿就被烤得焦黄，散发出蒜香，外焦里嫩很好吃。现在吃韩国烧烤也有烤蒜瓣，但这烤蒜瓣不如我当年烤得好吃。

一些胆子大的男孩子能弄到更多的吃食儿，他们在野外逮到麻雀、蚂蚱、知了，糊上泥烤焦了，那简直是珍馐美味。我还见过更另类的零食：将逮到的菜青虫那类小虫子，用装雪花膏的小铁盒子将几只小虫放进去，将铁盒投入炭火，过一会儿捞出铁盒，打开盖子，就是一份袖珍铁板烧。

在那个没有零食的年代，天地间就是行走着的餐桌。

烤蚂蚱

奶奶院子里有一个叫宝强的男孩，对于我们这些城市里长大的孩子来说，宝强就是一个身怀绝技的人，因为他从小在农村长大，具备各种野外生存技巧。他有个拿手绝活：逮蚂蚱。即便是秋冬蚂蚱稀少的季节，他吃蚂蚱也没断过顿儿。每次他逮完蚂蚱，总是用草叶编个小绳子，将逮来的蚂蚱穿成一串，每当他提着这一串蚂蚱进院子，孩子们立刻就很有默契地跟着他走进他家堂屋。

他将蚂蚱串放在封了火的炉子盖上，炉子虽然已经封上，但铁炉盖的温度仍然很高，正好是文火慢炖的温度。他将蚂蚱串放在炉盖上，不一会儿草绳子就化成灰，蚂蚱就散发出烤焦的香味，这时他用手捏着蚂蚱腿翻个面，就烤熟了。宝强是个很慷慨的人，每次他烤蚂蚱，我们一群小屁孩围在他身边眼巴巴地看着，宝强很满意这种场面，他总会慢慢扯下烤蚂蚱的腿，恩赐般地扔进那一张张大张着的小嘴里。虽然我经常站在炉子边看宝强烤蚂蚱，但我从没吃过，因为母亲警告过我绝不能吃这些乱七八糟的东西，否则肚子里就会长出大虫子来。基于这个恐惧，我一次也没敢尝过，但眼看着周围孩子一脸陶醉的吃相，我心里的馋虫比长出来的大虫子还要折磨人。

后来搬家，我离开了奶奶家的小院，更加无缘吃烤蚂蚱，至今回忆烤蚂蚱的香味，我对自己的胆怯还是隐隐有些遗憾。

漂来的甜瓜

宝强十五六岁正是发育的年纪，他精细的脖子挑着一颗大头，似乎总是在琢磨吃的。他干的事基本都跟吃有关：星期天去河沟里逮田鸡；晚上带着电筒去树上捉知了；趁学校下乡割麦子从老乡地里偷红薯。这些荤素不同的战利品经过简单烹调，最后统统进了他的肚子。

有一年暑假，我们跟着宝强去他奶奶家玩，宝强奶奶在城郊农村，坐汽车一天就能打个来回，我们在城郊下了公共汽车，离村子还有一段路，那会儿没有小卖部，也没有汽水饮料可以买来喝，我们走得又渴又热，眼前突然出现一片甜瓜地，满地小皮球一样的甜瓜，大家眼睛都看直了，正当大家俯身要摘，对面瓜棚里走出一个看瓜老头儿，目光炯炯盯着我们。宝强见状，立刻拉着大家若无其事地走开。我们沿着一条水沟往前走，那水沟是灌溉用的，水很清很湍急，我们走到远离甜瓜地的位置，宝强示意我们蹲下，隐蔽在水沟旁边。然后他就匍匐前进，爬向甜瓜地，我们远远看到他爬进了甜瓜地，就开始用手掰甜瓜，掰掉一个就扔进水沟，因为他是趴着的，所以看瓜老头儿根本看不到他，他很顺利地掰了七八个甜瓜，都扔进了水沟。我们正好在水沟的下游位置，不一会儿就看见水沟里飘飘摇摇地游过来几个甜瓜！大家压抑住惊喜，七手八脚地从水里捞甜瓜，等捞得差不多了，宝强也慢慢爬回来了，我们坐在树阴下饱餐了甜瓜，然后抱上剩下的两个，大摇大摆向宝强奶奶家走去。

摔四角

摔四角这个游戏一般是男孩子玩的，我小时候只有看的分儿。“四角”就是用纸叠成的四方形小方块，摔的时候两人各出一只四角，其中一只摆在地上，另一个人用自己手里的四角奋力向地上摔，靠四角的惯性和带动的风力，将地面上那只四角掀翻过来，这就赢了，那只被掀翻的四角就可以据为己有。叠四角的材料很重要，大多数四角用作业本纸叠成，纸质轻薄，很容易被对手掀翻；稍好点是报纸，厚实；更好的是用烟盒纸，比重大，面积小，叠出来的小四角密实、坚硬，就像小钢炮，但这种纸比较难找。如果能弄到彩色画报纸来叠一只四角那是最棒的，彩色画报都是铜版纸印刷，纸质细腻、比重大，用它叠出来的四角坚挺紧实，且久用不坏。

宝强有一只铜版纸叠的四角，锃光瓦亮，霸气十足，宝强给这只四角起了个昵称：“老宝人儿”。老，指该四角的辈分高，资格老，跟随主人南征北战数年。宝，指的是该四角战功卓著，所向披靡。人儿的意思，我想是宝强已经将该四角视为有血有肉的好兄弟，它已经不是纸四角，而是一个活生生的人。“老宝人儿”的存在，使院子里其他孩子的胆气也都跟着壮了起来，“老宝人儿”基本不屑参与院子里的战斗，它的目光放在胡同里和街上，一旦院子里的孩子遭到外来强敌的打击，都立刻报告宝强，宝强就带上“老宝人儿”杀气腾腾奔赴战场，往往将对手杀得片甲不留。

弹球儿

弹，在这里读二声，是动词，弹球儿的意思就是将玻璃球儿弹出去，这是一项游戏，三十多年前的中国男孩子几乎都玩过这项游戏。所谓球儿，是一种比鸽子蛋小点的玻璃球，里面镶嵌着彩色花瓣，有单色的有三彩的，晶莹璀璨，很漂亮。

弹球儿的叫法各地有不同，开封叫琉璃蛋儿。但各地的玩法大同小异，通常是在地面挖几个距离不等小坑，参加游戏者各自拿一个玻璃球儿，用拇指将小球弹出去，大家轮流往小坑里弹，先进坑者为胜，进完一个坑再进第二个，按照先近后远的顺序，直到进入最远的那个坑，就是全胜。这规则非常像现代流行的高尔夫。而在弹的过程中，还要想方设法破坏对方的球儿进坑，用自己的球儿将对方的球儿撞开，改变它的路线，阻止它进坑，这规则又很像是台球。这些年台球、高尔夫大行其道，在广袤华贵的高尔夫球场里，在精致严谨的台球案子前，那些一脸痴迷的中年男人，在我看来还是一群小时候没玩够弹球儿的小男孩，你看他们撅着屁股、一脸认真的样儿，就能想出他们小时候玩弹球儿时的痴迷。

相比高尔夫和台球，弹球儿方便、随意多了，一小块平坦的地面、几颗廉价的玻璃球就能开玩，不用球杆、球童、电瓶车。只要手里有一个小玻璃球儿，马上就能一决高下。

自制红薯饼

小时候粮食短缺，每家的粮本上除了大米白面外，还有一些配给的粗粮。开封盛产红薯，所以我们经常能得到配给的红薯面。红薯面就是将红薯晒干、磨成面粉，真正纯天然绿色食品，带有很浓郁的红薯香和红薯甜，按现在的说法，是粗纤维健康食品。

红薯饼是我小时候的零食里比较豪华的一种，只有在冬天家里所有孩子都放寒假的时候，外面又天寒地冻没什么好玩的，姐姐才会带领我们在屋里的炉子上烤红薯饼吃。烤红薯饼的饼铛很奇特，面积只有乒乓球拍子那么大，是两片厚铁铸就的，每片都像乒乓球拍子一样有一个手柄。烤制红薯饼的时候，先将红薯面加水和好，然后在饼铛上抹上一层猪油，揪下核桃大的一块红薯面团，在手里团圆后放进饼铛中央，把饼铛合上，双面用力夹紧，饼铛里的面团就被夹成薄薄的一片面饼，拿着手柄将饼铛放在炉火口上来回翻烤，几十秒后红薯薄饼就熟了，一股红薯的甜香和面粉的焦香，顺着饼铛的缝隙飘出，催人口水。红薯饼又香又甜，薄脆、轻盈，比现在卖的蛋卷好吃多了。外面冰天雪地，屋里孩子围着火炉烙红薯饼，烙一张，吃一张，又好吃又好玩，又解闷儿又解馋，那境界真是赛过神仙。

二瘪花生

开封盛产花生，开封人也极爱吃花生，即便在严厉打击投机倒把的年代里，开封的大街小巷依然游荡着卖花生的小贩，他们躲在小巷深处、大树后面，优哉游哉地做着小本生意。

现在卖的花生制品多如牛毛，麻辣味的、奶油味的、椒盐味的，但有一种花生是现在找不到而只有过去才有的，就是二瘪花生。在过去，卖花生的小贩分两种，一种是专卖五香花生米的，那是去壳花生米，加五香料炒熟，是最贵最好的。这种五香花生米一般不买给孩子当零食，那是大人们的下酒菜。另一种小贩只卖带壳的花生，这种花生带壳直接炒熟，没有调料，价格便宜，家长会买来给孩子当零食吃。这种花生又分两种，一种是正常花生，另一种是果仁不够饱满、发育不良的花生，叫二瘪，顾名思义就是质量稍次的花生，二瘪也是带壳炒熟，但分量轻，价格便宜，一毛钱买一大堆。北京管这种花生叫“半空儿”。

如果说五香花生米是花生里的“高富帅”，那二瘪就是花生里的“穷矮丑”，但我很怀念二瘪。因为它的果仁比较干瘪，跟香脆的大花生比，别有一种劲道，后味还有点甜，而且油分不多，吃多了也不腻，有点像广东的咸干花生。但现在满街都是香脆的大花生，吃得人发腻，再也见不到物美价廉的二瘪。不知道是因为花生品种改良，从基因上消灭了“穷矮丑”，还是条件好了，“穷矮丑”都拿去喂猪了？

炒面

说起炒面，年纪小的人马上会理解成饭馆里的三丝炒面，其实我这里说的炒面是把干面粉放在锅里炒熟，吃的时候兑入滚开水搅拌均匀。是三十年前家家都会做的方便食品，在七十年代的中国，炒面盛行一时。

炒面做法简单，将白面放在炒锅里炒熟，不放油，翻炒出焦香味，面呈褐色就熟了，炒好的面装进大容器放起来，吃的时候冲进开水搅拌即成。想喝稀的多冲点水，想当饭吃就少冲水，炒面变成一块淡褐色面团，用筷子挑着吃。奶奶家院子里家家都常备炒面，院子里有一家，父母中午不想做饭，就给孩子们一人冲一碗炒面，中午开饭时，他家几个孩子一人端一碗褐色面团，在院子里溜达着吃，我看了很羡慕，奶奶却很鄙视这种吃法。奶奶说炒面吃多了胃酸，大便干燥，所以不到万不得已炒面不能当饭吃。我家炒面装在一个密封的饼干盒子里，吃的时候用勺子挖一勺出来，加白糖或者红糖，冲成稀粥一样的糊糊，喝着很香甜。我家不常吃炒面，更不把炒面当饭吃。

后来我才知道，七十年代党中央要求人民“深挖洞广积粮”“备战备荒”，在这样的政治导向下，炒面作为易保存、好携带的方便食品，一度成为时尚。我的同龄人中不乏有小时候吃炒面伤了胃的，以至于现在看到炒面就泛酸水。而我因为有奶奶的庇护，至今还把炒面当美味，现在吃起北京稻香村的加了核桃、花生、芝麻的油炒面，还是津津有味。

备战备
人民

跳皮筋

现在的孩子业余时间不是玩电脑、看电视，就是奔波在各个教室上课外兴趣班，基本没有户外游戏。而我们小时候的业余时间基本都在户外度过，户外游戏非常多，那是对孩子身心的双重锻炼，不但可以锻炼筋骨，还可以教会孩子如何跟伙伴相处，如何培养团队意识。

跳皮筋是最普遍的游戏，我们小时候跳皮筋分为单皮和双皮两种，单皮是跳一根皮筋，边唱边跳，根据曲目不同跳法也不同，跳得最多的曲目是《红梅赞》《北京的金山上》。双皮是两条皮筋一起跳，比单皮运动量小，但技巧要求高，需要双脚配合着抹、捻、勾、踩、转。我喜欢双皮，不是因为我技巧高，是因为我跳单皮经常体力不支。我跳皮筋水平很差，每到课间，女孩子们支起皮筋在操场上又蹦又跳，大喊大笑不亦乐乎，我只有寂寞地站在旁边干看着，因为没有人愿意跟我一拨儿，我会连累整个团队不能晋级。后来，我跳皮筋的悲催命运因为一件事情而改变，我喜欢画画，那时候的作业本都是粗糙的白纸封面，我就在封面画上仙女啦、梅花啦之类小图案，我们班跳皮筋最好的“大姐大”看中了我在作业本封面上画的小画，她让我给她所有的作业本封面上都画一幅，条件就是让我加入她们团队一起跳皮筋。就这样，我用绘画技术赢得了跟金牌选手一起跳皮筋的机会！虽然由于我技术太烂，很快又被她们开除出队，但那几个星期短暂的辉煌，足以照亮我黯淡的小学时光。同时也让我认识到，多掌握一项技能就多一分机会，因为机会不定在哪个拐角等着你呢。

踢碗儿

我虽然跳皮筋、踢毽子都不行，但踢碗儿我是比较在行的。踢碗儿是开封的叫法，北京叫跳房子，玩法也近似。开封的玩法是用粉笔在地上画出并行的十个方格，一边五格，方格顶端画一个半圆，是老营。踢的时候把碗儿扔进最下方那个方格里，一只脚弯曲离地，用另一只脚跳进方格，将碗儿踢进前面一个方格，然后跳进那个方格，再踢。这样一格格踢下去，直到老营，在老营拐弯，向下，开始踢另外一行五个方格，顺利将碗儿踢出最后一个方格为胜，脚踩粉笔线、双脚着地都算输。每踢完一圈就晋级一个方格，从下一个方格开始踢，直到十个方格都踢完。游戏的关键是全程都要单脚着地，只有在老营里双脚可以着地，这个游戏是对平衡能力的考验，我平衡能力不错，所以玩得比较好。

这个游戏的重点是要有一个好踢的碗儿，碗儿太重踢不动，太轻容易踢过界，我最喜欢的碗儿是用一只大友谊雪花膏盒子，根据轻重需要在里面装上适量沙土，金鸡鞋油的盒子也行。但铁盒子是奢侈品啊，并不是每个孩子都有，很多时候我们都用瓦片代替铁盒子。我虽然踢得好，也没有属于自己的雪花膏盒子，就像跳皮筋高手不一定拥有一条好皮筋一样，所以每次踢碗儿我都邀请那个有铁盒子的孩子参加，即便她踢得再烂也要容忍，就为了那个好踢的铁盒子，否则我们只能踢瓦片。

闺密合影

三十年前的照片需要用胶卷和相纸，冲洗和翻印的工序也很繁杂，加上照相机的昂贵，所以在当时照相是奢侈、隆重的事情，普通人一生也照不了几次相，除非遇到很有纪念意义的事情才会去照相馆。家庭的镜框里一般都镶满着周岁照、毕业照、结婚照、全家福等具有重要历史意义的照片。如果说这些照片像一个百花园，那么闺密之间的合影就像一朵不起眼的小野花——也许意义没有其他照片那么重大，但随处可见、不可或缺。老一辈人拿出黑白老相片，总会指着其中一张满是年轻面孔的相片，充满感情地说："这是我当年最要好的朋友。"我妈妈和姑姑们的相册里都有这样的闺密合影，而且按照时间和地点分为好几拨，有学生时代的、有知青时代的、有工作以后的、有结婚以前的，姑娘们穿着当时最时髦的衣裙，带着甜美的笑容亲密地排在一起，让相机表达她们对友谊的珍惜。每次看到这些照片，我都感觉那昔日的快乐穿越时光扑面而来，绚丽的青春透过黑白相纸跃然眼前。

现在照相已经普遍流行起来，甚至人手一个相机，但我惊讶地发觉，我反而并没有几张像样的合影来记录那些在不同时期和我分享心事、分享寂寞、分享甜蜜的闺密们。在过去人们把情感看得很重，照相机记录的一定是在生命和情感中留下重大痕迹的人。有道是：流水的情人，铁打的闺密。如果有机会重新来过，我会跟我每个时期最要好的闺密穿上漂亮的衣裙，去照相馆照一组艺术照，让最好的摄影技术见证这比亲情更持久、比爱情更坚贞的友情。

青春
留念
友谊长青

中华人民共和国万岁
界人民大团结万岁

天安门前留个影

小时候我最敬仰的人是毛主席，最想去的地方是天安门。我此生学会的第一首歌就是《我爱北京天安门》。只有四句歌词：我爱北京天安门，天安门上太阳升，伟大领袖毛主席，指引我们向前进。反复咏唱，朗朗上口。

天安门是红太阳升起的地方，是敬爱的毛主席居住的地方，它是全中国老百姓的精神家园，是所有中国人朝思暮想的朝圣之地。对于出远门来说，每个中国人最想去的地方就是北京，去北京最大的目的就是去看看天安门。三十多年前交通极其不便，也没有旅游这回事。普通人要想去北京，除了偶然的寻亲访友，就只有工作出差的机会。大多数中国人从没去过北京，但一有机会踏上北京的土地，千方百计、排除万难也要去天安门前照一张相。那时候谁家也没有几张照片，但很多家庭的镜框里都会有一张某个家庭成员在天安门前的留影，这不仅是一种时尚，也代表某种殊荣——我们家曾有人离毛主席这样近。

几年前我去西藏，看到许多西藏人不惜变卖家产凑足旅费，用一年或几年的时间，一步一跪来到拉萨大昭寺门前，只为进寺庙叩一个长头，往酥油灯里添一注酥油。在大昭寺广场经幡缭绕的喧嚣中，他们衣衫破烂，神情肃穆，眼神里流露出自豪和骄傲，让我想起若干年前在天安门前留影的人们。

两条大辫子

建国以后，从五十年代到七十年代，中国女人的美丽长时间被两条乌黑发亮的大辫子左右。“破四旧”时很多辫子被剪掉，红卫兵以短发为美，但民间审美里漂亮女人一直都有两条大辫子，那时候说起美女，人们经常一脸欣赏地说：“啧啧，那两条大辫子啊！”

这里说的大辫子必须是齐腰长，或者垂到臀部的，短至肩背的辫子不叫大辫子，那叫羊角辫，是属于少女的，而留着大辫子的女人基本都是成熟女性。留着大辫子的女人走起路来，随着腰肢和臀部的摆动，辫子荡漾其间，给女人曲线添加一种灵秀的动感，偶尔将辫梢一甩回眸一笑，那种俏皮和风情更让人目眩神迷。

我认为“两条大辫子”的审美取向，比时下流行的“白富美”的审美取向要科学、健康。“白”就是不能风吹日晒，还要加上精心保养才能弄出来；“富”则意味着出入有车、四体不勤。而有了“富”，“美”也就是美容整形医院的一道小菜而已，但“两条大辫子”则涵盖了健康、美丽和勤快诸多因素。首先，肾气主毛发，一个身体不好的人很难拥有乌黑发亮的头发，这就是自然和健康的标志；其次，在那个没有洗发水、护发素的年代，对长头发来说每一次洗头都是一项烦琐的工程，更别说每天清晨梳头编辫子，留长发的女人要比别人早起梳头，若是再尝试一些新鲜的编辫子花样，更要耗费不少时间和精力。所以留着大辫子的女人大都心灵手巧，人也勤快。

样板女人

我们这一代人自从有了审美意识，接触最多的女性形象就是八大样板戏里那些孔武有力的妇女同志们：《红灯记》里粗辫子浓眉毛的李铁梅，虽然是豆蔻少女，但她动不动就圆睁虎目牙咬大独辫儿，一副宁死不屈的模样，给了我恶性刺激，本来大辫子是一种风情的象征，但很长一段时间我看到粗黑的大独辫就觉得有一股杀气扑面而来；还有《红色娘子军》里那个暴脾气吴琼花，提枪就干，比爷们儿还彪悍；复仇女神白毛女，那诡异的造型配上满眼复仇的怒火，很让人心悸。这些女人里我最烦的就是样板戏《海港》里面的方海珍，她穿一件看不出性别的蓝工作服，梳着男人一样的大背头，两眼烁烁放光，粗大的手里老是握着一卷图纸，像攥着个烧火棍，好像看谁不顺眼就要捅谁一棍。

这些女人全身上下散发的都是大仇未报、死不瞑目的倔强，没有柔美，更没有优雅，这些样板女人领导了那个时代的价值观和审美观。翻看我家相册，七十年代妈妈和姑姑、阿姨们的造型都离不开这些样板女人，年轻女孩子都像李铁梅，一身正气；中年妇女都像方海珍，溜光的背头，一水儿的灰蓝色一字领外套。庄严庄重，一眼望去，让人生畏。

杜鹃山
革命现
杜鹃山》

杜鹃山

《杜鹃山》其实不如《白毛女》《红灯记》这些样板戏有名，但我最爱的就是《杜鹃山》，因为我喜欢那里面的党代表柯湘，她的英气里带有一种女人的明媚和秀丽，不似其他样板戏女主角，硬邦邦让人雄雌莫辨。

那时候柯湘的粉丝很多，我们院子里的几个半大男孩都非常迷恋这位美人，但他们的表达方式很吊诡，他们编了个歇后语：雷刚放屁——柯湘（可香）！雷刚是《杜鹃山》的男一号，柯湘是女一号，这句话用河南话说来调侃的意思格外明显，他们用这种不礼貌的方式表达对柯湘的爱慕。我听了这个觉得很俏皮、很好玩，有一天我跑到厨房，对着正在做饭的奶奶得意地说："雷刚放屁——柯湘（可香）！"奶奶一听脸色大变，抬手给我一巴掌："胡说八道！"我吓得顿时闭嘴，再也不敢吱声。后来我才知道，在那个无限上纲的年代，这句看似调侃的歇后语，可以说是恶毒攻击样板戏。尤其我们这个本来就不"根正苗红"的家，弄不好被革命群众告发，就吃不了兜着走了。

奶奶这一巴掌无形中打掉了我对柯湘的眷恋，直到八十年代，我在电视剧《西游记》里发现白骨精很面熟，仔细辨认，原来是我曾经艳羡的大美人柯湘！但满头珠翠、浓妆艳抹的白骨精，怎么看也不如当年布衣素颜的党代表迷人。

沙家浜
人民电影院

电影的黄金时代

开封有三家大型电影院，名字分别叫人民电影院、解放电影院、工人电影院。就像当年最大的照相馆都叫“光明”，最繁华的街道都叫中山路一样，这三个电影院的名字在全国每个城市都有。

六七十年代是电影的黄金时代，上至八十老太太，下至没上学的娃娃，有谁没进过电影院没看过电影呢？小青年谈恋爱确定关系，最重要的标志就是两人一起去看过电影了。电影院光线暗，恋人们拉个手儿、亲个嘴儿易如反掌，所以谈恋爱的都喜欢去电影院。电影票也十分便宜，一毛五一张，无论进口片还是国产片一视同仁，就是这样，很多机关单位还经常包场，或者发免费票给职工。

那时候的电影院只有一个厅，一天只放一部电影，循环放映。电影厅分楼上楼下，能容纳上千人，今天很难想象的是：上千人被电影感染而一起哭泣、一起鼓掌、一起尖叫的场面，那时候这种场面每天都在电影院上演。每到一部好电影降临城市，电影院售票窗口就会排起长队，下班路过的人一看到这长长的队伍，就知道有好电影可看了，消息迅速传遍城市的每个角落，全城的人都在谈论这部电影：看了的人谈论情节，没看的人研究怎么弄票。

改革开放后电影院失去了往日的光彩，大厅改成小厅，硬座椅改成了软沙发，电影院越来越舒服，看客却越来越少。电影院改成小放映厅后我第一次去看电影，电影快到结尾时我习惯性站起来，准备提前退场，一站起来才发现，整个放映厅连我才十个人，我意识到这不再是当年的千人大厅，再也不会遇到汹涌的散场人潮了，于是重新坐下，安静地看完结尾。

铁杆影迷

奶奶家胡同里有一个少年，名字叫黑皮，黑皮是铁杆影迷，那些年上演的电影每部片子他都看了五遍以上，所有台词他都背得滚瓜烂熟，并应用到生活中去。中午放学回家，他一进门就跟她姐说："花姑娘，太君的，米西米西的！"他妈劈头给他一巴掌，他捂着脑袋逃到屋外，边跑边说："老太婆，你的良心大大的坏了！"有一次，他爸拿着扫帚追打他，他领着几个男孩在前面狂跑，突然他爸被绊了一下摔倒在地，手里的扫帚掉了，他一看大喜，对那几个惊魂未定的男孩说："弟兄们不要怕，共军没子弹了！"那些男孩放下心来，就指着他爸对他说："张军长，看在党国的分上，拉兄弟一把。"黑皮得意地走过去，要拉他爸起来，他爸趁他走近，一鞋底甩在他屁股上，打得"张军长"哇哇惨叫。

黑皮是王心刚的铁杆粉丝，他最喜欢模仿《侦察兵》里王心刚检阅炮兵的场景，他将我们一群小屁孩集合在一起，排成一队，他带着一双从他爸爸那儿偷出来的白色劳保线手套，挺胸腆肚走近我们，伸手摸一下我们手里的扫帚把，学着王心刚的样子拉长声音说："你们的炮，是怎么保养的？"

若干年后，有一次路过工人电影院，我偶然看到黑皮，他在电影院门口哄儿子进电影院看电影，他儿子挣扎着死活不进，大声说："我讨厌看电影！我要去玩碰碰车！"

5

三儿

奶奶家胡同里住着一个中年女人，带着一个八岁的小女孩，这个小女孩叫三儿，是个瘸子。听奶奶说过去整个胡同的房子都是三儿她爷爷家的，解放后他爷爷死了，前几年三儿的爸爸也自杀了，就剩下三儿和她母亲住在胡同里。三儿的母亲每天去街道工厂上班，把三儿一个人锁在家里。他们家的大门很少打开，每天黄昏，三儿的母亲捣鼓蜂窝煤炉子时会把院门打开一会儿，这时候三儿就会拄着拐杖站在门口，我就是在那时候认识了她。

有一天，三儿的母亲去上班忘了锁门，三儿趴在门缝里向我招手，我兴奋得像做贼一样三步两步窜进她家。三儿的家简陋得惊人，可以用家徒四壁来形容。但三儿很兴奋，兴致勃勃地将她的宝贝一一摆给我看：一个破了洞的小奶锅，一只断把的小泥茶壶，一枚掉漆的毛主席像章。看到我不屑的眼神，三儿露出破釜沉舟的神情，她一拐一拐去了里屋，从床底下拖出一个木箱子，木箱子里放着两个酒瓶子，我定睛一看那酒瓶子，差点没晕过去！每个酒瓶子里都装了一只小老鼠！三儿炫耀地拿起一只酒瓶子晃着对我说："这是我的孩子，他叫小强。"两只小老鼠在她的折腾下吱吱乱叫。我头皮发麻，觉得快吐了，我两步窜到门边，连招呼都没打就逃走了。

从那以后，三儿在院门打开时还不时向我张望，但我装作没看到，绝不再靠近她半步。

产
阶
级
政
万

性感女神

采玲是我们胡同里的性感女神，这是我若干年后定义的。

当时我们胡同里女孩子都不跟她玩，不是不愿意，是家里母亲不让。母亲们谈论她从来没好话；父亲们则从来不谈论她；小青年和小流氓则用各种形式表达对她的关注。采玲其实并不漂亮，厚嘴唇、大鼻子、大眼睛，但她笑起来声音非常清脆。松垮肥大的绿军装，只要她穿起来就特别显腰身，她的刘海总是用火钳烫得弯弯的，就连吃甜秆儿她都跟别人不同。

采玲喜欢站在胡同里吃甜秆儿。甜秆儿就是没结玉米的玉米秆，很甜，像青皮甘蔗一样，小贩卖一毛钱一大截。我们吃甜秆儿就是连皮一起咬，龇牙咧嘴很野蛮，而采玲吃甜秆儿则用雪白的牙齿有条不紊地将甜秆儿皮撕成一条条的，但又不撕断，那些皮像瀑布一样弯弯地倒垂下来，露出中间一根甜秆儿芯。每一口嚼完将渣吐出去，她都习惯性舔一下厚嘴唇，嘴唇被她舔得红得发亮。她边吃边轻轻晃动手里的甜秆儿，像摇动一束花枝。我觉得采玲吃甜秆儿很酷，后来我也学着这样吃，刚吃一口就被奶奶呵斥："哪儿学的张狂样子？"采玲吃甜秆儿这股特殊的劲儿，若干年后我知道这就叫性感。

采玲没有父亲，只有一个母亲，但母女俩经常骂架，一骂架采玲就几天不回家。后来采玲在一个男人家被公安局抓了，流氓罪。奶奶说："上梁不正下梁歪。"我这才知道采玲母亲解放前是妓女，而采玲则是她的私生女。

挑水工小米

记得小时候吃水是免费的，奶奶家胡同里有一口水井，家家都去水井挑水吃，不收水费。

挑水是个力气活，没有青壮年的家庭是做不来的，胡同里有一个挑水工，送水收费，一挑水两桶，五分钱。送水工名叫小米，是个哑巴，稍微有点智障，但浑身都是力气，挑水送水很积极，只要招呼一声，马上给你送到，绝不会让你家水缸见底，而且井台打水的人再多，他也能优先打水，因为他是智障，大家都自觉让着他点。小米脑子不好使，有时候没人叫水，他也自说自话地挑着两桶水送上门，你不要他不走，哇啦哇啦跟你嚷。遇到这种没叫水他多送的，顾客可以只给他一桶水的钱收下两桶水，他也认，因为没人欺骗他。那时候是小米的黄金时代，无论什么时候遇见他，他都是挑着水雄赳赳地走过，忙碌而快活。不久他结婚了，耳朵上别一根烟，见人裂开嘴就笑，发一根烟。

后来水井封了，胡同里安装了公用自来水，公用自来水有专人管理，水龙头上锁，交钱放水、排队等水，一视同仁，小米送水的生意不如以前好了。再后来家家都安装了自来水，小米彻底失业了，他媳妇也跟人跑了。前几年我偶然在街上看见个乞丐，正在垃圾箱里拣瓶子，我认出那是小米！这是我第一次看到没有挑着水桶的小米，心里说不出是什么滋味。

小广播的悲喜印象

小时候家家都有一个家用电器——有线小广播。这是政府配给的，以便人民随时聆听党中央的声音。每个城市都有自己的广播站，理论上每个广播站就像现在的地方电视台一样自己编排节目，但实际上每个广播站的节目都一样——播放社论和《东方红》《国际歌》。

小广播早晨的开始曲是《东方红》，恢宏激昂。晚上结束曲是《国际歌》，这个太坑爹了，《国际歌》低沉、悲壮，在夜深人静的黑暗中显得非常阴森、压抑，我最早的失眠症就是从听《国际歌》开始的。那时候妈妈和爸爸搬出奶奶家，我则留在奶奶家住，一到夜里我就想妈妈，在黑暗中听着悲怆的《国际歌》，看着淡淡的月光照着房梁上的蜘蛛网，内心无比凄惶，常常辗转难眠。

小广播白天的主要节目就是播放各大报纸的社论，一篇接着一篇，声音跟现在微博上流传的朝鲜女播音员李春姬的声音一样，高亢激昂、不容置疑。当时我以为“社论”是一个人，觉得这个叫“社论”的人真能说，从早说到晚也不嫌累得慌。听小广播唯一的温馨时刻，是每个星期天早晨八点播放的文艺节目——寓言故事。冬日的星期天早晨，不用早起，缩在被子里听着寓言故事，是那么慵懒又安逸的时光。我至今记得有一个寓言故事叫《陶罐和铁罐》，播音员撅着嘴巴学铁罐说话，瓮声瓮气学陶罐说话，非常生动有趣，和“社论”那高亢激昂的声音完全不同。

中国人民的老朋友

在网上看到西哈努克亲王去世的消息，就像听说一个久不见面的老邻居去世，心中五味杂陈，彼此共同经历的那个时代早已过去，经过历次搬家也已经把属于他的记忆统统抛弃，突然听到噩耗，我脑子里想的是：哦，原来他还活着！哦，他死了！脑海里翻涌的是跟他朝夕相处的那段日子，我发现内心还是有一点难过，不为这个已经逝去的人，是为所有逝去的往事都恍如昨日。

经历过七十年代的人谁没听说过西哈努克？他招牌式的微笑反复出现在仅有的几张大报纸头条上，他俊朗倜傥的身影反复出现在少得可怜的几部纪录片里。每到“五一”“国庆”这些重大节日，他就会与毛主席同时出现在天安门城楼上，微笑、挥手，接受全国人民的致敬。与他同时出现的，还有他年轻貌美的夫人，小时候我很喜欢看到他们俩，因为亲王本人穿着当时少见的西服，偶尔还穿花里胡哨的民族服装，而他媳妇则穿着华贵、美丽的套裙和高跟鞋，露着光洁的小腿，在一群灰扑扑的中山装老爷们儿里是多么惹眼啊！他们夫妇寄住中国期间没做过什么值得记住的大事，也没留下什么感人肺腑的话语，但全国人民都牢牢记住了这个“中国人民的老朋友”。他作为新中国的坚定支持者、中国团结弱小邻邦的有力见证、中国外交形势一片大好的活证据，不断被摆在国家领导人的身边，展现着与世无争的微笑。

西哈努克亲王
热烈欢迎

亚非拉人民手挽手

小时候对于外国的概念没有别的，除了天天挂在嘴边的“苏修”和“美帝”，就是亚非拉阶级兄弟了。“亚非拉”这三个字意味着什么我并不知道，我只是迷迷糊糊地知道在非常遥远的地方，住着一群跟我们长得不一样的人，他们那里黑暗、穷苦且充满危险，有帝国主义压迫欺凌，过着暗无天日的日子，非常需要我们。

那时候报纸和广播里经常出现老挝、柬埔寨、坦桑尼亚、津巴布韦等等地名，这些拗口的地名让全国人民感到熟悉和踏实，因为它代表着友好和亲密。在这个虎狼环伺的世界上，只有亚非拉兄弟跟我们是一条心。你看，纪录片上亚非拉国家的领导们来我国访问时，面带谦恭的微笑，身体前倾四十五度，以鞠躬的姿势捧住我们领袖的手，而我们的领袖无一例外地挺胸抬头，右手微微前伸，脸上带着慈祥、悲悯的微笑。每当看到这些画面我总是由衷地想：唉，他们真是太弱小、太可怜了，很需要我们的帮助。

多年后渐渐明白，当年支撑这些“亚非拉好兄弟”的谦恭和友好的，是我们从自己牙缝里节省下来细米白面。而这些所谓过着悲惨生活的、需要我们解救和援助的穷苦兄弟，其实一点也不悲惨，过的日子甚至比我们还舒适。

国营酒吧

奶奶家胡同口有个国营小商店，小商店供应着方圆几条胡同的油盐酱醋，偶尔卖一些凭票供应的鸡蛋，算是最奢侈的东西了。除此之外，它还有个很有趣的生意：卖散白酒。

小商店的柜台上常年放着几个黑色的大瓦缸，缸口塞着一个红布盖子，缸边放着一摞黑色的粗瓷小碗，酒客站在柜台前，往柜台上拍出一毛钱，售货员就拿一个打酒的小提子，伸到大瓦缸里提出一提子白酒，倒进粗瓷小碗，一提子正好装满一小碗，是一两酒。当时饭馆里名正言顺地卖酒，但专门到饭馆喝酒的人很少。三十年前的饭馆并没有什么好饭菜，而且价格贵，还要看服务员脸色，这种小商店虽然简陋，连个座位也没有，也没有酒菜卖，但酒客络绎不绝，因为小商店酒价低廉，店小不欺客，售货员跟酒客们都是街坊，毫不见外，可以边喝边聊，一两酒下肚，筋骨疏松了，烦心事也聊没了，回家能睡个好觉。这些站着喝酒的酒客们都是体力劳动者，大多生活窘迫，没钱买更贵的酒，这种散装白酒虽然便宜，但劲儿大，俗称“一毛儿蒙”，意思是只花一毛钱就能把人整蒙了，所以深受广大蓝领的喜爱。

现在的酒吧里龙舌兰、伏特加、朗姆酒等洋酒，被制成各种高档鸡尾酒，白领小资们捏着漂亮的玻璃杯小口抿着喝，其实这些酒在外国也是体力劳动者最常喝的，而且他们喝的时候也是站在柜台前喝完就走，既没有果盘儿鱿鱼丝，也没有真皮吧椅和乐队，跟喝“一毛儿蒙”是一样的。

发展经济
保障供给

粮本儿

现在的年轻人肯定不知道粮本儿为何物？但在三十年前，粮本儿是生活中最重要的经济命脉，比现在的银行卡、身份证还重要。

过去细粮、杂粮、油都是定量供应，每个城市人都有自己的定量标准，超过定量有钱也买不到粮食。这个定量就写在每家的粮本上，定量标准的多少按照性别、年龄和工作划分，任你是大干部还是小平民，都是一个定量标准，粮本面前人人平等。那时候城里人被称为“吃商品粮的”，调动工作、迁居时不光要调动工作关系、户口关系，还要调动粮食关系，只有调动了粮食关系有了粮本，才能买粮食吃。光有钱买不到粮食，有粮本才能买到粮食，还能换到粮票。小时候我特别喜欢跟着奶奶去粮站买粮，粮站的大木箱子里装着大米、白面和玉米面等，空气中弥漫着一股粮食的香味，售货员的发梢衣襟上都沾着白色的粉末。粮本和钱递给售货员，她划掉该买的定量，就用大撮斗撮起面粉过秤，称完后将撮斗送到不锈钢漏斗上，一抬撮斗，雪白的面粉顺漏斗轰然而下，流入撑开的面袋里，一切如行云流水般妥帖。

有一次我跟奶奶买粮，我趁售货员不注意抓木箱子里的面粉玩，忘记奶奶嘱咐我将柜台上的粮本拿好。回家后奶奶发现粮本弄丢了，全家都慌了，那时候无论谁拿着粮本就能在粮店买到粮食，没有密码也不用身份证。父母沿路找到粮店，没见粮本，奶奶当天就病倒了，嘴上起了一嘴的水泡。过了几天粮本被居委会送来，全家如蒙大赦。粮本里的粮食定量安然无恙，但里面夹着的三块七毛钱不见了，那钱可以买三十多斤白面，是成年人一个月的口粮。

节约用粮 备战备荒
备战、备荒、为人民

万家灯火

我小时候电力资源匮乏，没有五颜六色的霓虹灯，更没有璀璨的灯光工程，一到夜晚全城黑暗，连路灯都没有几盏。每家的照明都是一盏昏黄的小灯泡，没有吊灯、壁灯和日光灯，台灯是很珍贵的奢侈品。为了省电，夏天夜晚，大人坐在院子里纳凉，孩子们在院子里做游戏，屋子黑着灯，点着蚊香。冬天夜晚，全家人围坐在一盏灯下，大人做针线，孩子写作业，炉子上烤着半块红薯、几颗花生，大家有一搭没一搭地聊着天。记得我家最明亮的地方是堂屋正中的方桌，方桌上方就是那盏二十五瓦的小灯泡，晚上我和姐姐就坐在方桌边写作业，妈妈和姑姑就坐在旁边织毛衣、缝衣服，爸爸有时候去朋友家串门，但十点前一定回家，十点钟全家人都上床睡觉。因为没有照明，晚上的城市没有任何娱乐项目，除了下夜班晚归的人们，街道上基本没有行人。那时候天清月明，夜空繁星点点，一年四季都有月光和星光陪伴，治安也好，就算一个人走夜路也并不害怕。

现在城市的黑夜被充沛的电力照得亮如白昼，人们在人造的光明里不分昼夜地寻欢作乐，焦躁而亢奋。有时我会想到童年的夜晚，虽贫穷但温暖，虽寂寞但安恬，黑夜肃穆安详、沉静如水，那是一个万家灯火的年代。

停电

小时候我很喜欢停电，因为第二天可以堂而皇之地不交作业。小时候的停电可不是现在这样某条线路或者某家某户的小面积停电，那时候的停电动辄几个街区，有时甚至是半个城市，在目力所及的范围内一片漆黑。而停电的时间也非常不规律，有时候几十分钟，有时候到第二天早晨才来电。在照明充足的今天，很难想象全城突然集体陷入黑暗的时刻，没有提前通知，也不知道什么时候才能来电。那是一个奇幻的时刻，黑暗带来的惊恐和因黑暗而来的自由瞬间占据我们的心灵，作业肯定不用写了，而且暂时也不用睡觉，因为没办法洗漱。大人们忙着诅咒突如其来的黑暗，一边磕磕绊绊找蜡烛，一边结束手里的活计，孩子们陷入了监管的真空，都疯跑到院子里、街道上，被约束在家的伙伴们，这时候像越狱成功的逃犯，手牵手在星光下自由地奔跑。全城都能听到隐约的呐喊，那是孩子们自由的狂欢。

我们院子里大孩子多，他们不屑于玩打仗、摸瞎儿这类低级游戏，于是停电时候院子里就摆开了书场，我们围聚在树底下的空地上，听说书者绘声绘色地讲《梅花党奇案》、《绿色尸体》等，听得我汗毛倒竖、头皮发麻。感觉身后黑洞洞的房子，就像一具具准备吞噬人的怪兽，黑房子里闪出的昏黄烛光就像一只阴险的眼睛。这时候总会听到孩子们带着哭腔的求助："求求你跟我一起去厕所吧！"

男

人人都要上公厕

三十年前的中国有独立卫生间的家庭凤毛麟角，大家都去公共厕所，任你是大干部还是家庭妇女、是贫下中农还是地富反坏，都要在一个地方解决问题。北方公厕都是旱厕，没有水冲洗，全靠环卫工人定期来掏厕所，就是用大粪勺将茅坑里的粪便瓢出来倒进粪桶，再将粪桶里的大粪倒进粪车带走，歇后语“公共厕所扔炸弹——激起民愤（粪）”“茅坑里的石头——又臭又硬”都是在北方旱厕的语境下诞生的。没见过旱厕的人不会明白这些歇后语的精妙。

公厕必须设在街边、院边这些宽敞的地方，好进出，方便作业。环卫工人是得罪不起的，他要是不爽，能把整个厕所弄得粪汁满地、奇臭无比。或者在早晨掏厕所时慢悠悠的，让等着上厕所的憋得尿裤子，如果你无权无势，让环卫工人挑着粪桶拐进小独院去为你一家掏厕所，那是不可能的，所以北方到处都是公厕，小的十来个蹲位，大的几十个蹲位。大公厕就像一个沙龙，在这里大家不分高低贵贱都回归到原始需求，所以话题也宽泛、自由，而那时候厕所的蹲位间都没有屏风和围墙，一坑挨着一坑，大家露着屁股蹲在一起，话题自然多几分直白和人性，从谁家媳妇好吃懒做到谁新处的对象是个瘸子，各种是非曲直、飞短流长，伴随着排泄的酣畅知无不言。那时候的人没有隐私，我认为主要是因为公共澡堂和公共厕所，这两个地方一去，再清高脱俗的人也要向世俗低头。不过我始终觉得公厕这个交流平台和舆论中心，比现在任何社区规章制度都约束力强，也比任何活动站、小区会所的沟通力度大。

厕所故事会

现在孩子跟好朋友们在一起最常做的是什么？一起打游戏？一起看动画片？我们小时候跟好朋友在一起最常做的是结伴上厕所。

那时候结伴去公厕是朋友间一个小小的娱乐项目，闺密往往是最好的蹲友，在学校里，下课铃一响，两个要好的朋友手拉手狂奔进公厕——去晚了可能没蹲位，也可能抢不到两个挨着的蹲位。两个好朋友挨着蹲在一起，从容地享受排泄的快感，悠闲地聊天，哪管旁边等待的人捂着肚子憋得脸发紫。而在家里更是如此，胡同里的公厕，有时候凑巧三五知己都上厕所，大家蹲成一排，聊天、讲故事，不亦乐乎。她们经常推举我讲故事，别看我不会跳皮筋、踢毽子，但我故事讲得好，我将听来的故事添油加醋、绘声绘色地转述给大家，听得蹲友们如醉如痴，也算是我们胡同里蹲坑一景儿。有时候连蹲在旁边的大人都听得入神，直到腿麻得站不起来，才恋恋不舍提起裤子出去。

现在有了独立卫生间，上公厕的机会很少了，而且现在的公厕都有独立的隔断墙，也不可能蹲着聊天。前几年去西藏，在珠峰脚下发现了一个大公厕，一大排十几个裸露的蹲坑，我恍惚回到了童年时光，感觉亲切无比。但一个台湾女孩却不知道在这种情况下怎么如厕，她无论如何蹲不下去，这时候一个蹲在她身边的大陆中年女子耐心地指导她蹲坑要领，我也帮着讲解，最终台湾女孩在我俩指导下解决了问题，她向我和中年女子道谢，我和那中年女子会心一笑，很自然地打开话匣子。

关于公厕的传说

别看白天公厕里人流不息，一到晚上这里就变成恐怖荒凉之地。因为公厕都设在僻静无人远离住户的地方，这些地方夜晚人迹稀少格外冷清，加上厕所的灯一般都昏暗如豆，有的甚至完全不亮，更显得阴森叵测，让人望之胆寒。那时候公厕为了通风，一般房顶不是全封闭的，男女厕所声气相通，一般情况下从男厕扒上隔墙就能看到女厕的全景，虽然那时候犯罪率极低，但关于色狼偷窥女厕的传说却从未消失过。那时候有一个流传很广的恐怖故事：一个女孩夜晚上大号，发现没带纸，这时候突然从茅坑里伸出一只手，手上拿着三张纸，分别是红、黄、蓝的颜色，然后一个阴森森的声音响起：用红色今晚死，用蓝色明天死，用黄色后天死，无论用哪张纸都逃不过一死！这个故事长时间困扰着我，因为我上大号经常忘带纸。而那时候并没有专门为上厕所准备的手纸，临上厕所前抓着什么纸就用什么纸，所以上大号忘记带纸的悲剧时有发生。如果是夜静人稀的晚上忘带纸，那只有等这只催命的手来送纸了。为了防止这类恐怖故事的发生，我在公厕的墙缝里塞上纸，怕别人偷，还用砖头挡上。每次白天进厕所我都偷偷检查一下我的宝贝备用纸，看到它们安静地躺在墙缝里，我就很有安全感。

这时候就看出闺密的重要性了，晚上去厕所是一定要结伴的，这次你忍着臭味在厕所等我，下次我没有便意也陪你来蹲着，结伴去公厕是考验友谊的好机会。

缝缝补补又三年

六零后们哪个小时候没穿过带补丁的衣服呢？那时候流行一句话：新三年旧三年，缝缝补补又三年。这句话对孩子来说特别绝望：一件衣服要穿九年，什么时候才有新衣服穿啊？现在一到冬天转春天，大家把阴沉的冬装换下来，穿上鲜艳的春夏装，街头一片姹紫嫣红。但那时候换季一点都不明显，因为很多人春秋冬就一身衣服，冬天贴身加一件棉袄，到春天将棉袄脱掉，只穿外衣就行了。

每年春节能穿上新衣服，那都是八十年代的事情了，生活在七十年代的孩子很少有机会穿专门为自己做的、没有经过加工改造的衣服。那时候的衣服往往是老大穿完老二穿，老二穿完老三穿；袖子短了，用布料接一截；领口磨破了，用钩针织个假领套上；父亲的旧工作服，改短给儿子穿；母亲的花绸子长裙，改成小褂给女儿穿；奶奶压箱底的大棉袄，拆了把棉花弹好，给小孙子絮成一套棉衣棉裤；裤子磨破了打个补丁接着穿；衣服剐了口子缝两针接着穿。总之要物尽其用，一件衣服要是没有经过加工改造、打补丁就结束它的使命，那简直是浪费。纯毛毛衣差不多是传家宝，全家轮着穿。

一直到过去很多年，我才敢于对人说起自己小时候穿过打补丁的衣服这件事。究其原因是因为补丁和破衣服都是旧社会的代名词，对于生在红旗下长在蜜罐里的我们来说，穿补丁衣服似乎是种令人羞惭的事情。

补丁里的学问

过去衡量家庭主妇是否会过日子，除了精打细算安排好柴米油盐，女红也是一个重要指标。在那个几乎没有服装店的时代，主妇的缝纫技术就是一个家庭外在形象的全部保障。抛开做衣服、缝被子、旧衣服改新衣服这类难度大的活儿不说，就是给衣服打补丁这件小事，就可以直接看出主妇的缝纫功底。最讲究的补丁是用相同的布料、相近的颜色，再加上细密不易察觉的针脚，补出来浑然一体、几可乱真。而最差的功夫是随便找块布料，颜色、质地都反差很大，然后稀针大线地缝在破了的部位，也许没过几天补丁就开线了，半露半掩地挂在那里，露出里面寒酸的破洞。穿这种衣服的孩子是没有尊严的，因为这意味着他得不到母亲的疼爱，或者他母亲是个懒女人。

大户人家出身的奶奶女红很好，这使我童年时期一直穿着体面，记得上小学的时候我有一条深蓝色涤卡裤子，裤脚绣着小鸭子，是我最漂亮的一条裤子，后来膝盖磨破了，奶奶用细密的针脚给我补了两个椭圆的蓝补丁，补丁比裤子颜色略深，结实质朴。后来搬出奶奶家，做医生的母亲很会缝伤口，却不太懂缝衣服，又加上工作很忙，家里的缝纫机形同虚设。我和弟弟的黑裤子上经常出现用粗白线胡乱缝的破洞，那是我们自己的杰作，有时候连线也不用，用膏药粘贴破洞，然后再用墨水把膏药涂蓝，营造以假乱真的效果。幸好不久生活好转，再也不用穿打补丁的衣服，我才走出自卑的阴影，不过有时候看到那些被心灵手巧的母亲打扮出来的孩子，我还是会惭愧不安。

纺麻的孩子

奶奶家院子里的宝强家是孩子最多、生活最困难的家庭，宝强姐弟五个，宝强母亲没有正式工作，靠冬天打零工、夏天卖冰棍挣钱养家，所以宝强家那些年干过很多加工活补贴家用，当时开封的外加工活都由政府统一经管，酌情发放给生活困难的家庭。那些年，我们胡同每家都或多或少干过纺麻绳、糊火柴盒、编花篮、拆棉纱等加工活，但只有宝强家每样都做过，并一年四季都在做。那时候我最喜欢参与宝强家纺麻绳的活动。

纺麻绳之前必须劈麻，就是将粗乱的麻丝分成整齐的细缕，这样才能上纺麻机纺成麻绳。劈麻技术性不强，我们都能干，而踩纺车纺麻这个技术活只能是宝强亲自担任。宝强只要将纺麻机搬到院里，孩子们就纷纷自动就位，自带板凳围坐在他身边开始劈麻，因为宝强喜欢一边手脚不停操作纺麻机，一边给我们讲手抄本里看来的故事，我们一边摆弄麻丝，一边听故事，其乐融融。

我搬离奶奶家后，听说宝强辍学下海，成了院子里第一个万元户。有一天我回奶奶家玩，一进院就听到宝强妈和宝强吵架，原因是宝强要把纺麻机扔掉，他妈不让。我注意到宝强光着脊梁，腰上有一圈红肿，我问他腰上咋回事。宝强那画着浓妆的媳妇立刻抢着说：“宝强从东北刚回来，一路上把三万块钱缠腰上不敢解开，捂了一路，长痱子了！”

拆棉纱

拆棉纱是把做衣服剩下的下脚料的针织品拆成棉线，就是棉纱，蓬松的棉纱是擦机床的好材料。拆棉纱需要技巧，先用一只酒瓶铁盖子将质地紧密的布片刮松，棉线的纹路稀松了，再一条条往下刮着拆。这个活干好了特别有成就感，眼看着刮松的棉线被瓶盖子“刺啦刺啦”扯下来，一块小布头渐渐变成一堆舒顺的棉纱，很有快感，不过我技术不行，经常扯成死结。

拆棉纱也是当时的外加工活。那时候每家领一份加工活都是全家总动员，一起做，只有宝强家可以同时干两份加工活，还都能按时交货。一是因为他家人口众多，二是因为他家姐弟很会发动群众。比如，纺麻绳由宝强和他妹妹主打，但有很多孩子帮他劈麻；拆棉纱由宝强的三个姐姐搞定，但也有很多孩子帮她们拆。宝强的三姐拆棉纱最猛，一天坐着不动能拆出一座小山来，而且没有断线和死结，都是舒顺蓬松的棉线。她经常在书包里揣上待拆的布头上学校，老师上面讲课，她就在下面埋头拆棉纱。我觉得她这样很潇洒，也学着她的样子带几片布头去学校拆，没拆几次就被老师报告家长，父母一气之下再不许我去宝强家拆棉纱。

前几天我上网玩切水果游戏，“唰啦唰啦”切了几个苹果、橘子之后，突然感觉十分熟悉：这酣畅淋漓的感觉太像拆棉纱了，声音和动作都像，怪不得宝强他三姐那么痴迷，除了挣钱外，恐怕也是上瘾了。

劳保用品

七十年代只要在国营工厂上班的人，家里都经常有免费的工作服、肥皂、棉线手套，那是工厂发的劳保用品。当时最常见的劳保用品就是工作服和白色棉线手套。那工作服的布料质地和现在的牛仔裤十分相似，也是淡蓝色。小时候我十分羡慕那些家里有劳保用品的孩子，因为是免费发放的，他们的母亲在给孩子分配这些用品的时候就多了一份慷慨，本来没有毛衣的孩子，拆几双棉线手套就能穿上“毛衣”了，虽然跟“毛”一点关系也没有，但猛一看还是很高档。本来穿着打补丁裤子的孩子，还不到过年就能穿上一条劳动布改成的新裤子，而且比普通裤子多了一份结实、耐磨。如果遇到心灵手巧的母亲，将棉线手套和劳动布染了色，那做出来的衣物简直就可以跟大商店里的时装媲美了。

我小时候有个邻居是大工厂的车间主任，他的妻子手很巧，他家两个男孩常年穿着劳动布改制的各种衣裤，绝没有一个补丁。而他家唯一的女孩子很奢侈地拥有两件“毛衣”，一件是水红色的，用白线在领口钩出一道花边，一件是淡绿色和白色相间的，这两件“毛衣”让她赢得了公主一样的骄傲，同院的女孩子羡慕得眼睛发红。八十年代开始流行牛仔裤的时候，他家的男孩率先买了一条穿上，刚回家就遭到他母亲的痛斥：破劳动布裤子你还没穿够？还花钱买了穿?!

积极分子

搪瓷茶缸

小时候没有茶具的概念，除了吃饭的饭碗之外，喝水、喝茶甚至喝汤都用搪瓷茶缸，而且是几个搪瓷茶缸全家共用。

那时候每家都有几个大小不等的搪瓷茶缸，小的平时用来喝水，来客人时用来沏茶。大的一般能装两三斤水，相当于一个大茶壶，夏天晾上一大茶缸白开水，中午放学回家端起冰凉的白开水，咕咚咕咚一气喝下去，嘿！那叫一个爽快！除此之外，搪瓷茶缸还经常担任饭盒的职责。那时候都用铝制饭盒，这种饭盒传热快，质地薄，又没有把手可以端，饭菜太烫时不好拿，而搪瓷茶缸带把儿，再热的饭菜都能端起来就吃，而且口大身阔，吃起来也方便。尤其冬天，装着饭菜的搪瓷茶缸直接放在炉子边温着，吃时端着手把儿，打开的大盖子，饭菜带着滚烫的热气冒出来，吃起来格外带劲。

搪瓷茶缸的普遍应用还因为它不用钱买，那时候开会纪念、毕业典礼、劳动奖励等都是发搪瓷茶缸，因此每家的搪瓷茶缸上都有红彤彤的大字写着："学雷锋积极分子""优秀共产党员"等字样，暗示着一个荣耀的出处。众多茶缸摆在桌子上，不像生活用品，倒像党小组开会。长大后我特别喜欢收藏茶具，玻璃的、陶瓷的、紫砂的买了一大堆，但见到喜欢的还是必定要买回去。我这种心态就是缺啥补啥吧？

神奇的闹钟

院子里小丽家买了一只闹钟，那是非常神奇的一只闹钟，里面竟然有一只会点头的小母鸡，它带着两只小鸡娃，随着秒针“嘀嗒嘀嗒”走动，一下一下低头啄米吃，简直跟活的一样。

自从小丽家买了这只闹钟，院子里的孩子就有了去处，每天我们放学后，小丽她父母下班前，我们都会偷偷溜进她家去参观那只神奇的闹钟。然后跟小丽讨论这里面啄米的小母鸡到底是不是活的？它是如何带着两个小鸡娃定居在钟表里的？在那个没有机械、电动玩具的年代，这个小鸡啄米的闹钟渐渐成了神物，终于有一天，院子里的“革新能手”宝强注意上了这只闹钟，宝强上初中，正是迷恋机械的年纪，就喜欢拆手表、装收音机。宝强向小丽保证说只要他拆开这只神奇的闹钟，就能知道那只母鸡是死是活。小丽被宝强的许诺冲昏头脑，于是趁父母没下班，将闹钟偷出来交给宝强，宝强将闹钟拆了个乱七八糟，却再也装不上了。等小丽父母发现时，闹钟已经变成了一堆散乱的零件，像一具碎尸被裹在一个大手帕里，提回了小丽家。那天晚上全院都听到了宝强和小丽挨揍时候的哭声。

后来宝强父亲请工厂里一个八级钳工重新组装好了闹钟，但组装好的闹钟里，那只母鸡再也不会啄米了，垂着头一动不动。

铅笔盒

小学一年级时我得到了第一个铅笔盒，是姐姐用旧的、油漆剥落，一碰就哗啦作响的铁铅笔盒，但我很满足，因为我们班有一半同学没有铅笔盒，他们的铅笔用猴皮筋捆扎着跟书本一起胡乱塞在书包里。小学三年级时，我有了真正属于自己的新铅笔盒，也是铁皮的，但比原来那个宽大很多，上面画着漂亮的森林和小溪，我很珍惜它，觉得它会陪我一辈子。上初中，铅笔盒改名叫文具盒，我拥有了此生最豪华的文具盒，是塑料的，盒盖子里还衬了薄海绵，按上去软软的，如果说铁皮铅笔盒是筒子楼，这个文具盒就是软包的高级套房，铅笔、钢笔、橡皮各归其位，互不打扰。在盒盖子的开关处还有一块磁铁，"吧嗒"一声牢牢吸住，里面的东西绝不会掉出来。八十年代，父亲的香港朋友送给我一个文具盒，这个文具盒的结构和我用过的都不同，它的盖子像水杯的盖子一样套在盒子一头，把盖子一拔就开了，铅笔都在里面竖着。这个别致的文具盒让我在班里很是风光了一阵，后来我嫌它不方便，不用了。

上高三的时候年轻人流行"邋遢帅"，就是越不修边幅、不注重细节，就越潇洒。我扔掉了陪伴多年的文具盒，把仅有的一支钢笔塞在书包里。每天上课将钢笔往课桌上一摔，觉得自己很酷。从那以后我就彻底结束了和文具盒的友谊。

JUHE

一块肥皂洗全家

三十多年前，中国家庭全家的洗涤用品就是一块肥皂，洗头、洗澡、洗衣服都是它。星期天，一家老少去澡堂子洗澡，脸盆里除了毛巾、梳子，只有一块孤零零的肥皂。

现在洗衣服有专用洗衣液、消毒水、柔顺剂，洗脸有洁面膏，洗头有洗头水，洗身体还有沐浴露。每家淋浴间的架子上琳琅满目地摆满了瓶子，各种用途、各种品牌，洗澡时候要细心分辨才能拿对瓶子。我老公经常分不清每一瓶的功能，经常用洗头水顺便洗身体和脸；或者用沐浴露把头发也洗了。知道他经常用错东西，我都如临大敌地观察他，看他的脸和身体被不对的洗涤品洗完后，会发生什么化学反应？事实是他的皮肤并没有过敏，头发也一根没见少。这样的事情发生得多了，使我不禁思考一个“哲学”的问题：为什么我们小时候全家只用一块肥皂就能解决所有洗涤问题，而现在全身要分好几样东西才能洗干净？产品分得越来越细，真的解决了所有问题吗？用肥皂洗脸的时代，也没见哪个姑娘把皮肤洗粗了，用高档洁面膏的女孩皮肤也并没有变得更好。也许你会说现在污染严重，空气洁净度差，需要使用这些针对性强的洗涤剂，那又是谁造成了污染呢？这些生产化学洗涤剂的大批工厂所排出的污水、污物，是不是也是污染的一部分呢？

没有化妆品的年代

从五十年代到七十年代，是中国化妆品的真空地带。这是一个前无古人后无来者的时代，没有口红、粉饼、眼影、眉笔等彩妆，也没有爽肤水、面霜、眼霜、润唇膏等护肤品，有的只是“擦脸油”这个名词，从这一个粗陋的名词上能看出当时人们对美容的态度。

所谓“擦脸油”是统称，包括友谊雪花膏、百雀羚雪花膏、蛤蜊油等有限的几种产品。这些雪花膏油分大、颗粒粗，抹到脸上亮晃晃一层薄油，并且都有一股浓烈而直接的香味，如果说现代化妆品带给人的诱惑是暗箭难防，那么雪花膏给人的诱惑就是明枪好挡。

面友是当时唯一一款具有美白功能的“擦脸油”。它里面含有大量粉质，擦在脸上雪白雪白的，香味也相对含蓄，是一股幽幽的粉香。那时候能改变肤色的化妆品绝无仅有，面友靠着美白功能在大姑娘、小媳妇里出尽了风头。但因为粉质粗糙、色泽呆板，黑脸姑娘抹了面友就像戴了一个白面具，而时间久了白面具被汗和油分割成一块一块的，整个脸就变成了一张白地图。即便这样，当时也不是每个女人都用得起、买得到面友，面友只在十分爱美且经济允许的家庭出现，比如我家里，只有适龄未婚的小姑姑用面友。妈妈用的只是大盒友谊雪花膏，而我和姐姐还有奶奶用的只是蛤蜊油。

面友的秘密

面友因为具有美白功能，俗话说："一白遮百丑。"在那个没有化妆概念的年代，面友就是改变容颜的至宝了。所以面友的消费人群都是年轻人，我家适龄未婚的小姑姑有一盒珍贵的面友，但她不是天天抹，至于什么时候抹则是个秘密。

我的鼻子从小就特别灵，谁家炸带鱼，我隔着半个胡同都能闻到。每次小姑姑一打开面友的盒子开始往脸上抹面友，我一下子就能闻到。小姑姑抹面友的时间都在晚饭后，她总是对着镜子把两条长辫子打开，重新编一遍，辫梢系上一条彩色头绳。然后打开面友盒子，细心地挖出一小块在手心里搓匀了，再往脸上轻拍，直到全部抹匀。做完这一切之后，她用漫不经心的口气跟奶奶说："我去找小霞玩会儿！"然后就一扭一扭地摆着大辫子出门了。小霞家我去过，但小姑姑带我去小霞家的时候，从不抹面友，而每次抹了面友说去小霞家的时候，她从不带我。有一次，小姑姑抹好了面友又要去小霞家，我大闹着要跟她去，小姑姑心软，无奈带着我出门了。

小姑姑带着我没有去小霞家，而是去了龙亭湖边，在湖边我们碰见了一个骑自行车的年轻人，那年轻人好像是跟小姑姑偶遇的样子，打了招呼就下车了，站在路边跟小姑姑聊天，聊完又骑着自行车走了，临走还用手拍了拍我的小脑袋。若干年后我才知道，这个湖畔的相会并不是偶遇，而那个骑自行车的年轻人后来也成了我的小姑父。

大强和李二梅

在三十多年前，中国人除了对党和领袖的敬仰，流露其他任何感情都是被鄙视的，被认为是意志薄弱、没出息的表现，连男女之情也一样。那种压抑的气氛里，爱情反而带有一种别样的倔强和隽永，让人难忘。而现在走到了另一个极端：恩爱要靠“秀”，感情就像表演，演员都是人来疯，没有观众就演不下去。

当年我家前院里有个姑娘叫李二梅，后院有个小伙叫大强。有一个晚上我出去倒尿盆儿，无意中撞见李二梅站在门柱的阴影里和大强聊天，大强站在老槐树下，两人之间隔着三米的距离。大强似乎正在说什么烦心事，李二梅低声劝慰着他，两人声音很低，但很温柔、很知心。我当时惊讶极了，以我当时的智商我并不知道他们在干什么，我只是惊讶这两个看似毫不相干的人，在院子里相遇也像陌生人一样淡淡打招呼、匆匆擦肩而过，但他们私下竟然这么亲密！后来，大强结婚了，新娘不是李二梅，婚礼的时候李二梅突然消失，听说回乡下老家去了。等到李二梅再回到院子，她依然有说有笑，但我发现她明显瘦了，笑起来嘴往下撇，像哭一样难看。

很快李二梅也结了婚，搬出了院子。

几年后我再次见到他们是在胡同口，远远看见他们在胡同口相遇，当时四周没人，但他们没有说话，只是淡漠地相互点点头、擦肩而过，就像真正的陌路人。

我们一直都在DIY

前几天收到宜家运来的一包材料，拆开后我自己动手安装了一个书架，这叫DIY。看着那些整齐划一、配套齐全的半成品，我并不觉得是在做家具，感觉是在玩积木或者拼图。

我们这一代人小时候都做过手工活，跟现在的DIY很不同，那些手工活是从找原材料开始的：妈妈裁衣服剩下的几块小布头；从树上折的树杈；过年写春联剩下的一片红纸片。小布头用针线缝好就是一个小沙包；树杈用刀能刻成一个弹弓；红纸片的用处更多，可以折出一个小纸船，也可以折一个漂亮的纸飞机。家庭做的手工活那更是数不胜数，木箱子、小板凳这些小件家具基本都是家里男人自己做的，有的人手巧，还能做三斗桌、小橱柜这样的大件。而全家人的四季衣服、被子、床单和窗帘，则是女人们一针一线缝出来的。街上商店里只卖最原始的材料，这些材料必须经过自己动手才能变成穿的、用的。男孩子很小就跟着父亲钉椅子、修电灯；女孩子很小就跟着母亲织毛衣、钩假领。

现在不同了，电器坏了有维修工；下水道堵了有物管；衣服破了买新的；连饭都不必自己做，街上川湘鲁粤各种口味应有尽有。人与人之间不用互相依靠就能活得潇洒自由，大家越来越追求独立和自我，越来越难以忍受和他人共处的摩擦和不便。夫妻间少了包容和互助，家人间少了依赖和团结，过去的家庭清贫但贴心，现在的家庭富足但孤独。

游野泳

我们城市有好几个湖泊，小时候，一到夏天这些湖泊就变成天然游泳场，湖边没有任何更衣和淋浴的设施，有的只是树木和草丛。酷热的夏天傍晚，大人们带着孩子成群结队地来到湖边，换衣服就在树丛里，还有些常来的索性将泳裤穿在长裤里，游完泳上岸用毛巾一擦，套上衣裤就回家了；还有一些会过日子的人，自带一块肥皂，游完泳站在水浅处，将全身抹上肥皂，连头带脸一阵搓洗，洗完游进湖中央去清一遍，回家不用再洗澡了。那时候的湖水很干净，除了湖边一些洗衣服刷盆儿的生活脏水，没有任何污染。湖水清澈见底，水草摇曳生姿。我们小时候说起游泳，就意味着去这些野山野水里徜徉一番。整个城市也没有一家对外开放的游泳池。

那时候女孩子都不会游泳，一是因为游泳需要游泳衣，正经衣服一年还添不了一件呢，家长怎么可能给孩子买这类不着调的衣服？二是因为那些湖泊边换衣的地方没遮没拦，女孩子在那些地方换衣服太有伤风化了，万一再被流氓偷窥了，那可是名节不保的大事。有一年姐姐得到一件北京表姐淘汰下来的游泳衣，这在我们家也是一件大事，当时我们家的女性谁也没有游泳衣。为了这件游泳衣，父亲答应带我们去龙亭湖游泳，爱臭美的姐姐等了好几天不见爸爸行动，她就迫不及待地瞒着家里人跟着院子里的几个孩子去了。他们在龙亭湖里游了泳，回家后不幸被妈妈发现，妈妈审问姐姐在哪里换衣服？姐姐说在龙亭湖边的女厕所里，妈妈听了兜头扇了姐姐一巴掌——龙亭湖边的那个女厕所臭名昭著，去年夏天曾出过一起强奸案！

姐姐挨了揍，还被没收了游泳衣。后来我问她：“什么是强奸？”姐姐认真想了想说：“就是一大群人围着你，扇你！”

女

公园

小时候没有旅游的概念，交通工具也不方便，孩子们的活动直径就是学校到家里这点距离，偶尔坐公共汽车去一次百货大楼，那都要回味好几天。而被父母带着去一次公园，那简直就跟现在的出境游那么兴奋和激动。

我七岁以前只去过一次公园，那是我第一次去公园，是一次隆重的举家参与的“五一”劳动节游园活动。我们全家穿戴一新，扶老携幼，坐公共汽车到达城市唯一的公园。那公园没有大型游乐场和娱乐设施，也没有充气拱门和鲜花气球，更没有卖零食和玩具的，甚至连水泥路也没有几条。公园又大又空旷，满眼看到的都是树，树下有几条木头长椅。我们在黄土地上走了很久，看到了一个巨大的水泥假山，爸爸指着假山说：“这就是猴山！”

别看公园里没什么人，猴山上可是围得水泄不通，大家都踮着脚尖往猴山里面挤。爸爸把我驮在肩膀上，拉着姐姐、拽着妈妈，奋力挤进人群，我们一家老少终于和猴子一家老少面对面了。第一次看见真实的猴子，我很失望。猴子们惊讶地看着我，它们瘦弱、警惕，既不翻跟头，也不偷桃子，一点也不像小人书里描述的孙悟空。

我们出了猴山，到了走兽馆，走兽馆里关着两只狼，我既害怕又期待地等了很久，而它们一直也没露面。走兽馆旁边是飞禽馆，里面一大笼麻雀正一片欢腾。看完麻雀就走到尽头了，公园的后墙接在一段老城墙上，老城墙显出年代久远的斑驳和庄严，更映衬出公园的荒凉和无趣。

跳绳

跳绳大家都不陌生，现在健身的一项常见内容也是跳绳。不过这跳绳可跟我们小时候的跳绳不能比，我们跳绳花样非常多，分单人跳、双人跳、多人跳，单人跳的时候绳子可以挥舞得水泼不进，双脚飞快地交替蹦起，有的高手甚至让绳子挥舞两圈脚才落地，看上去就像杂技表演。双人跳是一个人挥舞绳子带另一个的一起跳。这种跳法还有情境台词，挥舞绳子的女孩扮演老师，一边跳一边念："叮当叮当上课了，有一位同学迟到了。"准备跟她一起跳的那个女孩扮演学生，她站在绳子外说："报——告！""老师"说："进——来！""学生"瞅准时机蹦进去，两人一起跳，"老师"接着问："你今天为什么迟到？""学生"答："因为我家有仨表，一个快，一个慢，一个正好八点半！""老师"说："下——课！""学生"瞅准机会出绳，这场情景跳绳就完美结束了。

多人跳在学校跳得最多，因为需要专业的长绳，这种长绳两头带木头手柄，中间一段是黑皮包裹，很专业，只有体育器材室才有。跳这种长绳是对方队两个人挥绳，本队人在一侧排好队，按顺序依次蹦进去一起跳。一队跳的人最先进绳和最后进绳的都是高手，水平差的被安排在中间，跳大绳的关键在于进绳和出绳，进早了被绳子甩在脸上，进晚了被绳子兜一个跟头。跳这个必须有团队精神，高手最先进最后出，掩护中间最差的。我一般被安排在中间跟着跳，每次跳完一节准备出绳，我就像撤离敌占区一样紧张，生怕因为自己的笨拙使全队功亏一篑。

跨大步

在我喜欢的游戏里，跨大步也是一个。这是一个特别简单的游戏，不用道具、不挑地方、不限制人数，最重要是不用动脑子，全凭卖力气，所以我每次都被挑中参与这个游戏。但即便这样，我也赢得不多，因为这个游戏也有它的微妙之处。

游戏分成人数相等的两队，各队派一个反应快的人做代表，两个代表用脚猜剪刀、石头、布，剪刀剪布，是五步；布包石头，是十步；石头砸剪刀是十五步。每次输赢确定后，赢了的那队派出一个人从起点开始，按照赢得的数量跨步，步子要尽量大，先到终点为胜。我肯定不是那个用脚猜拳的聪明人，我都是卖力气跨大步的人，每次我都拼了命将两腿叉开踢出去，尽量将步子迈大，以求快速靠近终点，但是这个游戏的难点在于：你离终点差五步时，猜拳的人为你赢来了十五步，那你到终点后还要后退十步，也就是说你必须在数量恰好的情况下迈进终点。别人遇到这种情况，就会不易察觉地将步子放小，然后恰好到达。而我不懂调整步幅，所以往往最先靠近终点，但迟迟进不了，站在离终点几步远的地方，眼巴巴看着比我落后的人一个个越过我到达。被同队的人数落过几次之后，我恍然大悟，也试图调整步幅来投机取巧，但每次都被对方发现，作为惩罚又让我退回起点，真是欲哭无泪。

扔沙包儿

扔沙包儿也是需要反应快、动作灵敏的游戏，照例是我的弱项。扔的时候兵分两队，扔的一队人分两边相对站好，被扔的人站在她们中间，两边的人将沙包扔向站在中间的人，中间的人准确接住扔来的沙包，加分，被沙包砸中又没有接住的，对方加分。我对这个游戏是又爱又怕，爱是因为这游戏是群体性的，我可以跟着一群人跑来跑去滥竽充数，只要躲着不被砸中就行；怕的是对方一旦发现我是薄弱环节，专门往我身上砸，那我就在劫难逃了。那种不怀好意又狠又快飞来的沙包儿，不是砸我脑袋就是砸我小腿，总之都是我双手扑捉不到的地方。

孩子玩的沙包儿都是家长自己做的，用不同花色的小碎布拼在一起，鲜艳而醒目，里面装上少量小碎石子，分量适中，玲珑可爱的为上品。沙包儿里面不能装沙土，土容易从布缝里漏出去；装大石子儿也不行，砸在身上太疼；最好是装分量适中的极碎小石子儿，这样才好扔。很多孩子都有一个属于自己的沙包儿，我妈妈虽然手笨，但本着宠爱女儿的心思，也给我缝制了一个。妈妈缝得特别大，装上小石子后，像个小口袋似的。沙包儿一缝好我就捧着它兴冲冲地找伙伴去玩扔沙包儿，我一个远投扔出去，沙包儿砸在对方女孩子脸上，她的眼睛当时就肿了，她坐在地上哇哇大哭。从那以后，这凝聚着母爱的巨大沙包儿就被我束之高阁了。

收购站

垃圾分类

现在提倡垃圾分类，把可以利用的废品跟垃圾区别开，便于废品收回再使用。其实在我们小时候，每一个孩子都是最好的垃圾分类员。那时候大人很少给孩子零用钱，很多零用钱的来源就是卖废品的收入。他们像小贼一样盯着家里快用完的牙膏、快喝完的酒瓶、过期的报纸，绝不会让任何一样可以换钱的东西丢进垃圾箱。一般情况下，父母对孩子的这种行为都是默许的，因为这是培养孩子勤俭节约的好方法，另外也能增加孩子的收入，一举两得。但那时候每家的废品都少得可怜，要指望自己家的废品卖钱来充实自己的小金库太不可能了，于是像我这样财迷心窍的孩子，就会把好事变成坏事。

有几次，我将家里没用完的牙膏挤进下水道，把酱油倒进花盆，然后把牙膏皮、空酱油瓶卖给收购站，父母发现后将我暴揍一顿，从那以后禁止我靠近酱油瓶子。还有很多更加财迷心窍的孩子就学会了“广开财源”。我们住的家属院紧挨着办公区，有的孩子就在晚上办公楼没人的时候，用弹弓打碎办公楼的玻璃窗，然后把碎玻璃收集起来拉到废品收购站，碎玻璃可贵了，比废报纸、破纸箱值钱。卖了碎玻璃，换成钱买花生吃。所以在那些日子里，我们经常坐在办公楼边的草地上，一边吃着卖碎玻璃换来的花生，一边看着后勤科的人爬上爬下地安装玻璃窗。

作茧自缚

我们小时候基本都是自己管自己，父母忙着抓革命促生产，没空跟我们亲密互动。所以惹是生非、挨打受罚是常事，不过那时候孩子和父母都活得很皮实，也没见谁记仇、心灵受伤什么的。

暑假是孩子们的狂欢节，家长们的烦恼日。院子里到处是闲逛的孩子，不是把李家的鸡偷放出鸡笼，就是把张家的猫弄到房顶，大人们为此头疼不已。有一年暑假，我们家属院里最淘气的男孩大军，因为接二连三地闯祸，最终被他爸软禁在家。每天早晨他爸上班就把大军锁在家里，下班打开门大军才能出来。这样锁了几天，有一天上午大军爸正在开会，邻居李阿姨突然闯进来说："老李，不好了！你家大军拿大锯锯大门呢！"大军爸一听不敢怠慢，跑步往家赶。回家一看门口围着好几个人，大军在屋里左脚踩小板凳，右脚蹬在门上，手拿锯子，正专注地锯着纱门上的木头框子！大军爸没锁木门，留着通风，只把防蚊蝇的纱门锁了。大军他爸冲大军怒吼一声，大军毫不畏惧，向他爸振臂高呼："打倒老李头！哪里有压迫，哪里就有反抗！"围观群众哄堂大笑。

锯门事件后的一个周日，大军和他爸在自己院子里修理纱门，大军认真打磨着他从锯木厂偷来的木条，他爸将打磨好的木条加钉到纱门上，父子俩默契而亲密地干着活，丝毫看不出前几天冲突的阴影。我看到大军热心地修理纱门，想起新学的一个成语：作茧自缚。

掐揪

小时候孩子混江湖全靠自己，大人很少掺和孩子的恩怨，孩子的世界是一个独立的小社会，每个人从小都必须学会跟集体和他人相处。

我刚从奶奶的小院搬进父亲单位的家属院的时候，像一尾小鱼游进了大海，家属院孩子众多、派系林立，男孩子有个“司令”，女孩子也有个“司令”。我和弟弟是新人，加上弟弟刚从北京移民开封，一口让人取笑的京腔无法掩饰。所以我们姐弟在新环境里饱受鄙视，经常被欺负。我的性格比较强悍，不论是司令还是小兵儿，谁敢欺负我们，我冲上去就骂，骂急了就打，打不过就领着我弟弟去找他家长告状。尤其最后这一条，严重败坏了孩子们的江湖规矩，所以家属院的孩子很快被我得罪一个遍。男女“司令”命令全院孩子孤立我。那时候孩子之间的交往颇有古风，绝交有仪式，叫掐揪，顾名思义就是掐住了揪开。仪式是这样的，两个曾经要好的朋友，在双方都有见证人的情况下面对面站好，双手食指和拇指捏在一起像掐住一根线，然后双手向两边猛地一扯，好像揪断了那根无形的线，从此桥归桥路归路，再不搭理。我被孤立那段时间，频繁遭遇掐揪，经历了我交际史上最黑暗的时期。最惨的那次，我身边连个见证人都没有，我孤零零一个人，而对方身后站一大群见证人，有一种大兵压境的悲怆感。不像绝交仪式，很像审判仪式。

打倒白狗子和

打倒白狗子

我被全院孩子孤立后,“男女司令”为了显示专政威力,在满院子里写“打倒小方!”“小方吃屁!”等字样。那时候没有BBS和微博,孩子们发泄愤怒都在公共建筑上,墙壁上到处写着孩子们的爱恨情仇。他们写我也写,我写的都是反击性质:“谁写我是谁奶奶!”“你吃屎你喝尿!”那段时间,我每天晚上入睡前都考虑两件事:一是第二天去哪里写标语。家属院的孩子为防止我去他们家房前屋后写,所以总是严密控制不让我走近他们家附近。二是怎么才能弄到更多粉笔。我的粉笔都是趁着送作业的时候从老师办公室偷偷拿的,都是很小的白粉笔头。

终于有一次,我趁办黑板报的时候,拿回家十根彩色粉笔,为此我酝酿了一个惊天大计划。我们院办公大楼的外墙上,有一块专门贴标语用的水泥栏,在大楼中央,面向大院,十分醒目。周日早晨,当家属院的孩子还在睡梦中的时候,我揣着彩色粉笔,从花坛爬上办公楼的标语栏。我在标语栏用红粉笔触目惊心地写“打倒万恶的白狗子!还有他的小老婆秀新!”男司令姓白,白狗子是他外号,女司令叫秀新。我正写得起劲,突然头顶一声怒吼,我抬头一看,白狗子他爸从二楼窗户探出头来,正往下看,我吓得扔了粉笔就爬下了二楼。虽然因此我挨了父亲的巴掌,但那条标语因为难擦,竟没人去管,留在那个位置两年之久,我每次看到都暗自欣慰。

混臭蛋儿

如果一个人被很多人掐揪，基本没人搭理了，在家属院这也有个专门的术语来定义，叫“混臭”。顾名思义就是大家已经把你搞臭了，你臭不可闻、完全没人搭理了。这时候的你就有了另外一个名字“混臭蛋儿”。做混臭蛋儿是需要很大勇气的，因为你不但要具有敢把皇帝拉下马的革命精神，你还要准备忍受孤独和寂寞。

我和弟弟当混臭蛋儿的时候很少到院子里玩，但在家里玩又没有什么玩具。这种情况下我和弟弟发明了一种游戏，我们收集了很多牙膏盖子和鞋油盖子，有圆柱形的高大中华牙膏盖子、矮墩墩的白玉牙膏盖子、黑色小个头鞋油盖子。弟弟在北京见多识广，给牙膏盖子们起了新颖的名字，中华牙膏盖子叫元帅，白玉牙膏盖子叫大力士，黑色鞋油盖子叫盖世太保等。然后我们用这些盖子们排兵布阵、攻城略地，玩得不亦乐乎。那时候家属院的孩子只知道司令、小兵，从没听说过元帅、大力士这样的字眼，这些名字既新鲜，又透着霸气，弟弟的才华让我很得意。我将这个游戏散布出去，孩子们立刻一传十十传百，都迷上了这些有名字的牙膏盖子，他们将自己收集的牙膏盖子带来，让弟弟给起名字、排座次。就这样，我和弟弟开创了混臭不臭的历史新局面，彻底改写了混臭蛋儿孤独的命运。

办年货（一）

小时候，办年货是春节的头等大事。节前几个月熟人们在街上碰见，都会问对方："年货办得怎么样了？"在那个饭都吃不饱的年代，珍贵的年货从购买到端上餐桌，这个过程怎一个"办"字了得？

因为物质匮乏，很多针对春节供应的物资会提前两三个月不定时出现在副食商店、水产商店和粮店，比如带鱼要去水产商店买；豆腐、红糖、猪油要去副食商店买；花生、瓜子则要去粮店买。年货出现的地点虽各有不同，但特点都一样：数量有限，欲购从速。有时候同时听说水产公司来带鱼、副食商店来豆腐了，奶奶会派我和姐姐两路人马去分别排队，然后她准备好需要的票证和钱，踮着小脚再去找我们姐妹，这样可以节省不少时间。还有非常紧俏商品，一开门就抢购一空，所以商店没开门就要去排队。有人天没亮就在商店门口排着；也有人拿篮子和砖头占个位置，商店一开门就及时赶到，这样才能保证买到货品。

即便这样费尽心机，仅凭商店里凭票供应的这点东西，"年"还是太寒酸了。所以每家在此基础上都会自己准备一些年货，比如杀一只鸡；走后门到肉联厂弄点猪下水；找到有票没钱的人家多要几张红糖票，给孩子炸几个糖糕。我们家办这些额外的年货一般就靠妈妈完成，妈妈是医生，患者里不乏水产公司和肉联厂的内线，无论是一只猪肚还是几斤冷冻鱼，每年春节妈妈都会有所斩获。

通过各种渠道弄来的年货陆续进了家门，这才完成了办年货的第一个程序。

水产公司
欢渡
春节
发展经济
保障供给

人民战争的伟大

办年货（二）

年货买回家就开始第二个程序：制作。临近春节的每天晚上和每个周末，家家都弥漫着肉香和鱼香。那时候没有这么发达的服务体系，食物买回家后从头到尾的制作都是自己完成，烦琐而辛苦，但一年才有一次跟丰盛的食物亲近的机会，所以这个过程也是甜大于苦。

我家的年菜是这样准备的：首先把买来的肥肉炼成猪油存储起来，炸鱼、炸丸子都要用猪油，而猪油渣则是分给孩子的美味零食；接着要剁很多肉馅，包饺子、做丸子都要用；然后把几块珍贵的五花肉抹上蜜糖炸过，切片做成扣肉。除了这些荤菜之外，妈妈还会腌一些咸菜做开胃小菜，奶奶还要蒸出几锅花馍，平时吃的可能是杂面馍，但春节那几天家家的主食都是白面馍。老奶奶们把白面馍做成各种美丽的花样，有梅花和金鱼形的，花瓣和鱼尾巴按上红枣，有刺猬和兔子形的，剪刀剪出小刺和兔耳朵，有时候刺猬的肚子里还有一包甜蜜的红糖汁。花馍对孩子很重要，没有奶油蛋糕的时代，这就是珍贵的点心。

准备年菜是全家总动员的过程，我从小就会包饺子、擀皮，都是过年时学会的，收拾带鱼也是我的活，带鱼买回来先化冰，然后刮鳞、去腮、剪鳍，再一条条洗干净。我记得最多一次我洗了整整一脸盆带鱼，洗完后我手上的鱼腥味一直持续到除夕，我以为我再也不会吃带鱼了，但除夕晚上红烧带鱼一上桌，我夹了一大块就放进嘴里，毫不含糊地大嚼起来。

新衣服

每年春节是孩子们唯一名正言顺添置新衣服的机会，但我记忆里直到八十年代生活好转时，每年春节我才会得到一整套新衣服，之前的春节并不是每年都有新衣服，有时候只是得到一双新手套、一条新围巾而已。孩子一年到头就盼着能穿上新衣服，只要不是特别拮据，春节时候家长都会挤出几块钱，凑几尺布票，给孩子做一套全新的外衣。那时候流行的布料都是耐磨又禁穿的涤卡、条绒等。这些都是高档布料，我记得七十年代末的一个春节，院子里一个女孩竟然穿了一身条绒！玫红色的宽条绒上衣，深蓝色的细条绒裤子，简直把我们的眼珠子都羡慕红了。那是她母亲用第一次发的奖金给她做的，总价值五块多钱。那时候我母亲的工资是每个月五十多块钱。

新衣服都偷着做，不能让孩子知道，布料悄悄地买来，悄悄地请人做好，大年初一早晨是个很梦幻的时刻，像圣诞老人的礼物一样，新衣服出现在孩子的床头。看到新衣服那一刻，是孩子们最欢腾的时刻，接下来满院子拜年、放炮、闲逛，都是为了炫耀新衣服。大年初一能否穿上新衣服，是衡量孩子幸福指数的关键，大年初一那个落落寡合的孩子，一定是穿着旧衣服的小可怜儿，而那个趾高气扬、笑声最大的孩子，不但衣裤是新的，可能连棉鞋、帽子都是新的。

放鞭炮

小时候鞭炮非常便宜，一百枚一挂的鞭炮才几毛钱，那时候没有现在这些动辄上百元一枚的昂贵花炮，所以家家会买几挂鞭炮。一般家庭买上几挂鞭，大数留着除夕夜拉鞭，小数就分给孩子。除了家里分的，每家除夕夜拉鞭过后，总有一群孩子蜂拥而上，趴在地上寻找没炸响的漏网之鱼。我不喜欢放炮，但我家的漏网之鱼我说了算，我让谁来捡谁才能来捡，所以每到除夕夜我就变成全院男孩子巴结的对象，春节时候的鞭炮就是军火，硬通货。春节期间玩鞭炮是最主要的一项娱乐。

鞭炮的玩法非常多。最常见的是呲花架炮，将一枚小炮的捻子揪掉，从中间掰开，露出里面黑色的火药，架在地上，然后将另外一枚小炮架在这枚掰开的小炮上，两枚炮架好就像一挺微型机关枪，点燃捻子，先看到两股呲花从掰断的破口喷出，然后听见一声脆响，那枚架着的小炮炸了。自制二踢脚比较简单，将两枚小炮的捻子扭在一起，点燃后会听到先后两声脆响。除此以外还有一些另类玩法：将点燃的鞭炮扔进空水缸，能发出出乎意料的巨响；将点燃的鞭炮扔进腌咸菜的缸里，能听到“哧”一声像放屁一样的音效。最恶毒的玩法是将点燃的鞭炮塞进别人的口袋或者脖子里，那样的后果往往是两败俱伤——对方被吓哭，你被人家告到家里，即便过年也不能幸免一顿暴揍。最恶心的玩法是在路边找一坨干屎，或者去厕所挖一坨屎，将鞭炮插在屎尖尖上，崩出个满地屎花，这叫屎地雷，据说是从《地道战》里得到的灵感。

拜年

我记忆里过年就是狂欢节，连续几天的大吃大喝、疯玩疯闹，这些活动都离不开一个名义：串门拜年。

大年初一我是在院子里给各家拜年，平时严肃的叔叔阿姨们今天喜笑颜开，只要我嘴甜，那些平时难得一见、此刻摆在桌子上的虾米酥糖、炒花生就能弄进自己的口袋。大年初二去奶奶家拜年，吃奶奶做的黄焖鱼、扣肉、炸糖糕，跟亲戚们要压岁钱，向表姐、表妹炫耀新衣服。一过初三，我的狂欢渐入高潮，开始一年一度去父母要好的同学、朋友家拜年。

父母的同学和朋友住在城市的四面八方，平时难得聚会，过年时候就轮流做东，从初三到初十不重样。因为聚会的都是好朋友和知己，父母们都撕下了矜持的面具，露出张狂少年态，他们回忆年轻岁月，大唱苏联歌曲、大跳交谊舞，我从小就听过《红莓花儿开》《喀秋莎》等经典歌曲，还都是美声唱法、多声部合唱。虽然酒菜只是花生米、凉拌白菜丝，但中午开席，能吃到夜色阑珊，我们孩子则趁着父母忘情之际疯玩。那时候没有统一的楼房小区，这些同学家的地形五花八门，在家属区做客我们就跑到厂区钻荒凉的防空洞探险；在学校后院做客我们就翻窗户进教室，用粉笔头在黑板上写：王三儿吃屎；在胡同里做客我们就纠集自己人去跟胡同里的孩子PK，胜者为司令。最激动的一次是去一个住在电影院跨院的叔叔家做客，我们趁电影院把门老头疏忽，翻墙溜进放映厅看电影，记得那天演的是《水晶鞋与玫瑰花》，我们连着看了七遍，直看到天黑才出放映厅。那一次父母散席后怎么也找不到我们，急得酒都醒了。

光明电影院
售票

华丽的句号

春节一过初十，“年”的味道就渐渐淡了，宽容的大人们又板起了面孔；摆在桌子上的糖果、点心重新收进柜子；过年的鸡鸭鱼肉吃完了，萝卜白菜又成了餐桌的主角。这时候，幸好还有一个正月十五，这是春节最后一波高潮，是“年”的华丽句号。

我们小时候的正月十五没有特别的活动，家里条件好的也就是煮一斤元宵就算过节了，没条件的什么仪式都没有就过去了。没有花灯夜市，没有烟花庆典，也没有电视晚会，大街上连灯笼都不会多出几盏。唯一和往常不同的，就是从每个院子里传来的孩子们的欢叫和一队队五颜六色的小花灯笼。在漆黑的夜色里，闪着光芒的小灯笼们像散落四处的星星，在孩子的欢笑里闪烁。金色的宝葫芦、碧绿的西瓜、活灵活现的大公鸡，那是各家大人给孩子买的纸灯笼，造型简单，所费不多，一般家庭都会给孩子买一个，只要保管得好，一个灯笼可以连续用好几年。所以一到正月十五的晚上，灯笼们就从各自的房子里游出来，在院子里汇成一条彩色的小河，飘飘摇摇一路走过。在院子里、胡同里神气活现地招摇过市，这是真正属于孩子的狂欢夜。孩子们唱着歌谣：灯笼会，灯笼会，灯笼灭了回家睡。其实这个欢快歌谣的意思恰恰是：“年”过完了，寒假就要结束，早点洗洗睡吧。

彩云易散琉璃脆

三十年前正月十五的花灯，工艺简单，造型很少，大部分灯笼是彩色波纹纸的筒形灯笼，稍微复杂点的就是翠绿的西瓜灯、金黄的宝葫芦灯，最华丽的就数大公鸡灯笼了，它不但有一个黄艳艳的鸡肚子，还有一个硬纸做的红冠大鸡头和五彩的大尾巴，点燃蜡烛后就变成了活灵活现的大公鸡。

十岁那年正月十五，妈妈给我买了一只大公鸡的灯笼，这是我灯笼史上最绚丽的一夜。我提着那只惊艳四座的灯笼一出门，就引起了小伙伴一阵惊呼，周围的西瓜灯、筒形灯顿时黯然失色。我矜持地站在人群里，享受着别人羡慕的目光和赞美的语言。这时候，一个男孩突然从黑影里蹿出来，他手提一只“信号灯”，就是在破搪瓷茶缸里放半截蜡烛，点燃蜡烛后，活像《红灯记》里面李玉和提的信号灯，那是买不起灯笼的孩子玩的。这个男孩提着“信号灯”蹿到我面前，对准我的灯笼踢了一脚，大公鸡被踢得晃了两下，就听“轰”的一声，公鸡肚子以令人惊讶的光芒绽开一朵耀眼的火苗，我惊呆了，周围孩子惊呆了，那个男孩也惊呆了。只有一瞬间，我的大公鸡灯笼就随着火苗永远泯灭在黑暗中，地上只留下了两片残缺的鸡头和鸡尾巴。第一次看见心爱的东西瞬间消失，我震惊大于悲伤，从未体会过的幻灭感使我不知如何是好。

多年后看杨绛先生的书，知道了一句话：“世间好物不坚牢，彩云易散琉璃脆。”我顿时想起那年正月十五，心爱的大公鸡灯笼焚毁的瞬间，我体会的就是这种刻骨的悲凉。

抓子儿

抓子儿是个古老的游戏，北京叫“抓拐”，姥姥小时候玩过，妈妈小时候也玩过，据妈妈说她们小时候玩的是真正的羊拐骨，是羊膝盖上某块骨做成的，将一面涂成红色以示正反面。五到七个羊拐，抓在手里向桌子上一撒，看有几个正面几个反面，然后抓起一个猛地抛向空中，趁这个子儿没落下来的时候，迅速将桌上同样花色的羊拐抓在手里，然后再将空中落下的那个准确接住。这是一个锻炼反应能力、眼力和动作机敏力的游戏，特别益智。我们小时候已经没有羊拐玩了，找一些大小相同的石头子打磨平整，就能玩了，比较高级的是用麻将牌，当年我们谁都不知道那些刻着花花绿绿图案的小方块，就是日后大名鼎鼎的麻将牌。

我抓子儿的技术跟跳皮筋一样烂，每次都手忙脚乱，还没等把该抓的抓到手，抛出去的子儿已经“咣当”一声落在桌子上，有时候还落在我头上，砸得我生疼。我技术虽烂，却经常被邀请参加抓子儿游戏，原因是我有七张麻将牌的子儿，那些子儿正面是象牙白，背面是褐色竹子做的，手感温润滑腻。长大后我才知道这是奶奶的陪嫁。我出生的时候全国都已经消灭了麻将这个“四旧”，所以这些精美的麻将牌才沦落成我的玩具。因为这几个子儿，我经常被“邀请”参加抓子儿游戏，但每次我第一回合就被淘汰，然后傻傻地看着别人玩我的子儿，直到结束。

撑交

撑交也是一种古老的游戏，但具体是不是这两个字我无从考证，这是我们小时候自己的叫法，我按照读音琢磨是这俩字，就是越撑越有交情的意思吧。

这个游戏之所以源远流长，因为它确实有百利而无一害。干净、文雅，还很益智，特别适合两个小女孩文文静静地玩，既陶冶气质，又提高智商。最重要的是工具简单易得，就是将一段略微光滑的绳子，两头系好变成绳圈就行了。玩的时候用两手撑住绳圈，用十指将绳子钩出不同结构，然后另一个人再用十指在这个结构上钩出别的结构，两人这样一来一去地撑，谁先把绳子撑成死结为输。撑交有点像下象棋，开头都是那几个步骤，我们给常见的几种结构都起了名字：豆萁块儿、面条儿、城墙等。一般都是城墙开头，然后是面条，面条过后就是豆萁块儿。五步以后就会比较复杂，这时候就能看出水平高低。现在想想其实撑交整个下来也没几个花色，哪一步到哪一步都是固定的，记住套路并不难，但当时我们的小脑袋就是想不到这些，每次都挖空心思想破解办法，下次遇到同样的结构，还会犯同样的错误，那几道坎永远也迈不过去，永远玩得不亦乐乎。

撑交在女孩子们中间广为流传，还因为它是每个家长都不反对的游戏，家长们喜欢看着女孩子们安安静静地坐在床上玩这种指尖的游戏，女孩子就该这么文静、甜美，总比出去跟男孩子疯跑要好得多。

【撑交：也叫翻绳儿。】

冰

挑冰糕棍

小时候我们很少有商店里买的玩具，我们所谓的玩具，大多是不用花钱的废品，我们变废为宝将它们改造成玩具，也玩得津津有味。挑冰糕棍就是其中一项。

挑冰糕棍的挑这里念第三声，是把东西挑开的意思。顾名思义，这个游戏的规则就是，将一大把冰糕棍撒到地上，先把那些独自躺着不挨着别的棍儿的拿走，收归己有。然后剩下的就是那一堆挨着的、摞在一起的棍儿们，这就要挑了，挑的时候不能动其他的，挑哪一根就是哪一根，一旦别的棍儿被触动，就算输了。挑到手里的棍儿就是战利品，谁的棍儿最多谁就赢了。这个游戏虽然玩法和道具都很粗陋，但在孩子中间广为流传，因为冰糕棍这个道具太廉价了。

此游戏最好用冰糕棍，冰糕棍是扁宽的，形状规则便于操作，冰棍儿的棍儿是四棱儿的竹棍儿，挑起来容易滑落。而冰糕五分钱一根，冰棍三分钱一根，所以冰糕棍比冰棍的棍儿少多了。我深知挑冰糕棍可以不靠技巧而永远处于优势的，那就是自己拥有很多的冰糕棍。于是我上学、放学都瞪大眼睛沿途寻找，还抽空扒遍了我家附近的垃圾箱，那时候很多孩子也都在寻找冰糕棍，所以冰糕棍十分难找，一旦发现一根冰糕棍，我就像发现一根金条一样狂喜，无论那些冰糕棍多么脏污不堪，我也如获至宝地拿回家去。直到今天，我在地上发现一根扁宽的冰糕棍，还会瞬间一阵兴奋。

骑马打仗

冷兵器时代战争里最威武的就是骑兵，所以小时候孩子们都爱玩骑马打仗。幼儿园小屁孩“骑马”骑的都是小椅子，一群孩子一人跨一只小椅子，双手把着椅背儿“咯噔咯噔”冲锋，一会儿排成一队，一会儿混成一堆，一场“战役”下来，不少“战马”吱吱作响——快散架了。上小学后骑马打仗多了几分真实的搏杀，两腿间夹一条竹竿，身体微弯，头前探，左手向前手把竹竿，右手向后手持柳条做的“马鞭”，二马错蹬，柳条“唰”地劈过去，脸上就是一道血痕。

我们家属院有个孩子头，大家都尊称他为“司令”。司令最喜欢玩骑马打仗，他骑的“马”十分豪华，是活人搭的。两个男孩双手拉紧为桥梁，另一个男孩弯腰平趴，将两条胳膊架在那四手拉成的桥梁上，司令就跨坐在平趴的男孩腰上。前面两个拉手搭桥的男孩是马头，平趴那个男孩是马腰。千万不要觉得“马腰”低贱，这三人组成的战马，相当于御林军，在孩子里地位最高，最受“司令”宠爱。尤其马腰，是我们院子里最孔武有力的男孩，是“司令”的亲信。每次玩打仗，除了御林军外，剩下的孩子分为“好人”和“坏蛋”两队，“坏蛋”才是最低贱的一群，只许败不许胜，被追打得很惨。后来，“马腰”的母亲发现儿子被人骑在胯下，很生气，不许儿子再给“司令”当马腰。而马腰的弟弟，一个同样孔武有力的男孩立刻自告奋勇，顶上哥哥的位置当了“马腰”，老“马腰”只能降格为骑着竹竿马被追打的“坏蛋”。

小面人儿

我小时候崇拜的第一个人，是在我们学校门口捏面人儿的师傅。我第一次看他捏面人儿就被吸引住了：从装面团的小抽屉里揪一块红色的面团放进手心，用指头肚一捻，面团变成薄薄一片，从小抽屉里拿出一只黝黑发亮的细齿木梳，将木梳往面饼上一压，面饼顿时变成一排小波浪，再用指头肚一搓一卷，带波浪的小面饼就变成了一朵花瓣层叠的大红花。拿一根细长的小草棍，在草棍头上抹一团娇黄的面团，然后一拉一卷，一根金黄色的金箍棒就出来了。他那粗糙、脏乎乎的大手，灵巧地摆弄着那些鲜艳、柔腻的小面团，三捏两卷就弄出来一个衣袂飘飘的小仙女，或者憨态可掬的二师兄。

为了得到一个面人儿，我跟母亲软磨硬泡终于得到一毛钱，我买了一个孙悟空回家。这是多么细嫩精致的一个孙悟空啊！粉白的小脸，漆黑的眼珠儿，水红的灯笼裤。我心满意足地举着它，像娶回一个绝世美人儿的傻小子，一路咧着嘴笑，暗暗发誓要一辈子疼爱它、对它好。

小面人儿拿回家以后，我每天放学第一件事就是趴在它身边凝视它一刻钟，再去写作业。但是一个月后，我惊恐地发现它的虎皮裙上裂开了一条细细的缝隙，又过了几天，它粉白的小脸也裂开了一道缝隙，最后，它水红色的灯笼裤掉下来一大块，露出里面粗糙的草根。妈妈说，面人干了就不能要了，将它扔进了垃圾桶。眼看着残缺不全的它躺在肮脏的菜叶子、鸡蛋壳里面，我心如刀割。

泡泡糖惊魂

上小学一年级的时候，我平生第一次吃到了泡泡糖，那是母亲出差去上海带回来的。红白相间的糖纸上印着一个鼓着腮帮子吹泡泡的女孩子，妈妈说这不是糖，是吹泡泡用的。姐姐熟练地拿过一个剥去糖纸塞进嘴里，过一会儿突然从嘴里吐出一个白色的泡泡，那泡泡越吹越大，像气球一样飘飘摇摇胀起来！我惊呆了，对姐姐崇拜得五体投地。看我们玩得高兴，妈妈警告我说："这糖只能吹泡泡，不能咽下去。咽下去粘到肠子上，你就没命了！"妈妈这一番话说得我心惊肉跳，顿时觉得嘴里那块不是糖，简直是定时炸弹。

我带着虚荣心，嘴里嚼着泡泡糖来到学校，上课时，同学向老师举报说我"吃糖"，老师命令我吐出来，我想跟老师解释这不是糖，一着急竟将嘴里的泡泡糖咽了下去！我大脑顿时一片空白，想起了妈妈的警告，豆大的汗珠顺着额头滚下来。我突然从座位上蹿起来就往教室外跑，我穿过校园，跑过大街小巷，一口气跑到医院，见了妈妈我"哇"地哭出来，结结巴巴诉说原委。妈妈听完什么也没说，镇定地给我一茶缸药水让我喝下去。

我喝完不一会儿就去厕所拉稀，连跑两趟厕所后，妈妈说没事了。这时候我确定自己不会死了，一下子瘫在诊室的床上，脸色苍白，虚弱无力，真像死里逃生的样子。

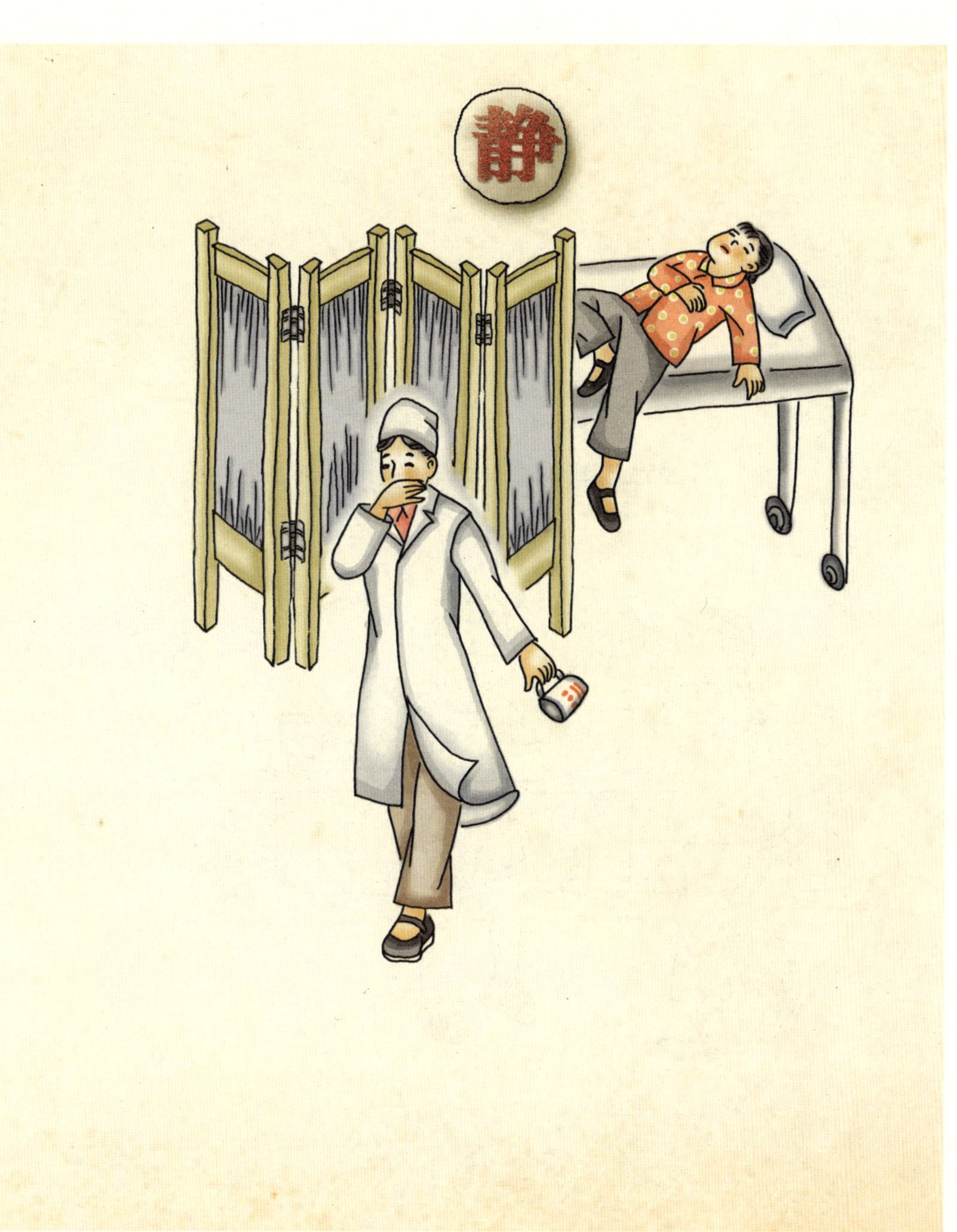
静

北冰洋汽水

我上小学三年级之前，对于冷饮的认识就是三分钱一根的冰棍和五分钱一根的冰糕，直到我三年级暑假去北京玩之前，我都不知道人间还有一种东西叫汽水。

小时候弟弟寄住在北京姥姥家，而我从小跟着父母长大，只有暑假才有机会去北京玩。我三年级在北京过暑假的时候，小姨带着我和弟弟去北海公园划船，我们划完了船上岸后，小姨带我们到一个叫冷饮部的地方，给我和弟弟一人买了一瓶北冰洋汽水，我早听弟弟说汽水是多么好喝，今天终于见到了，那黄澄澄的颜色就像橘子汁一样诱人！服务员将一根细长的管子插到汽水里，弟弟拿过瓶子来就用嘴叼住那根管子，我也学弟弟用嘴含住那根管子，含了半天，小姨问我：你怎么不喝？原来我光知道含住管子，不知道往嘴里吸汽水。我一看弟弟，他正津津有味地嘬吸着，黄澄澄的汽水都少了一小半了，我一急索性将管子拔出来，对准瓶口就灌了一大口，啊！啊！我被呛得两眼冒泪花，鼻子像被谁捶了一拳，又酸又麻！天哪，这哪是什么汽水？简直是辣椒水！弟弟和小姨看到我的丑态，忍不住哈哈大笑。

我那瓶汽水最终也被弟弟喝了。喝完汽水后，弟弟不时张大嘴打一个嗝，每打完一个嗝，他就炫耀地看着我笑。

第一个恐怖故事

我们这一代人需要张开触角吸取各种知识的时候，来自正规渠道的知识却少得可怜，而且都是千篇一律的共产主义教育，空洞乏味、缺乏人性。这个时候各种手抄本和地下故事会应运而生，这些载体提供的内容大多香艳、恐怖、刺激，特别能满足人最原始的“低级趣味”。每到晚上，街口上、院子里就会聚集一群一群的小青年，大家像扑火的飞蛾聚集在一起，津津有味地听着《梅花党》《绿色尸体》《一双绣花鞋》。因为故事内容很黄很暴力，妈妈不让我们姐弟去扎堆听故事。夏夜漫漫，姐姐就在家里开小型故事会，她将听来的故事讲给我和弟弟听。她的故事也是从手抄本和地下故事会里来，但经过过滤和妈妈的监督，内容相对健康。

我平时听的第一个称作“恐怖”的故事就是在那时候听姐姐讲的。那故事名叫《红毛衣》，说是一个小男孩好吃懒做，老是缠着妈妈要钱买零食，她妈妈很穷，冬天到了没钱买棉衣，她就把一头红头发剪下来，编织成毛衣给他御寒，但小男孩偷偷把毛衣卖了换糖吃。后来他妈妈病死了，于是他每天深夜都听到妈妈在窗外低声说：“孩子，还我的红毛衣！孩子，还我的红毛衣！”在今天看这故事基本算是个劝诫和励志的故事，谈不上恐怖，但那时候受正面教育的我免疫力非常低，何况姐姐说最后一句话的时候，还加上自己创作的语调，凄厉、飘忽，把我吓得灵魂出窍。姐姐看出我的恐惧后非常得意，从那以后只要我不听她的话，她就用这个故事吓唬我，我顿时屁滚尿流，让干啥就干啥。但从那以后我却迷上了恐怖故事，至今仍无法自拔，《红毛衣》算是我的恐怖文学启蒙之篇。

邱少云

从小我们就知道时刻准备为祖国献身，各种为国捐躯的英雄形象和惨烈故事充斥着我童年、少年时期的教育，我自认是个不怕死的人，也随时准备为祖国牺牲，但我对烈士邱少云的故事始终充满惊恐。

第一次听说邱少云的故事是上幼儿园的时候，老师讲英雄邱少云在执行潜伏任务时，不幸被敌人的燃烧弹投中，他本可以打个滚将火灭掉，但他为了不暴露目标，硬是趴着没动，任凭烈火焚身。直到烈火将自己活活烧死，他都没有动一下。老师说完这个故事，还充满感性地加上一句："手上的皮肉都烧没了，就剩骨头了，还抠住地面不动一下，你们想那得多疼啊。"这个故事听得我头皮发麻，当晚睡觉就做了噩梦，梦见一副白骨骷髅，顶着熊熊烈火向我爬来！

牺牲我不怕，但我怕疼，尤其怕钝刀子割肉的痛苦。如果像邱少云那样烈火烧身，我一定会忍不住爬到旁边的水沟里打个滚将火灭掉，一定的。相对于邱少云，面向铡刀毫无惧色的刘胡兰就让我觉得容易学习一些——"引刀成一快，不负少年头"嘛。因为邱少云的对比，我觉得自己是个怯懦的人，时常感到深刻的自卑。若干年后看到一句话："慷慨赴死易，从容就义难。"大意是说一瞬间的激情支配下选择死亡相对容易；明知道结局是死亡，过程还万分痛苦，在这种情况下坚持走完全程，这才是最难的。看到这句话我才释然，知道自己惧怕活活被烧死的怯懦的心理也是人性使然。

投降派宋江

我最初知道宋江，是看了一本小人书，书名叫《揭投降派宋江》。

这本小人书里刻画的宋江并不是义薄云天的绿林好汉，他是“投降派”，“投降派”按通俗理解就是叛徒，人民的公敌。那本小人书里画的宋江白白胖胖、脑满肠肥，一副卑躬屈膝的奴才相。那年我刚上小学，读完此书，对宋江为躲避抓捕装疯卖傻吃大粪，留下深刻的印象，从此对宋江充满了厌恶和鄙视。上初中时，通读《水浒》，这才得知整个故事，知道宋江并不是一个胆小如鼠的卑琐之人，但跟武松、林冲相比，他仍然有着太多的两面性，而且最终葬送了整个水泊梁山，所以年少的我对他是投降派的看法并没有改变，反而有了更深刻的认识。

几十年后，偶然看电视剧《新水浒传》，英挺的张涵予饰演宋江，我不由得想起小人书里那个白胖的宋江。耐下心来一集一集看完，平生第一次不再认为宋江是投降派，如果说他是投降派，我们谁又不是呢？在现实和梦想之间，我们时刻都面临艰难的抉择。选择现实，你可能是投降派；选择梦想，你可能什么都不是。宋江的所作所为固然可悲，但晁天王的革命理想就能将一众兄弟带往天堂吗？生活的残酷，恰恰在于它不是非黑即白的算术题，它是没有标准答案的选择题。梦想大多消弭在漫长的妥协里，而把热血耗干的往往不是激情，而是忍耐。

叛徒孔老二

说起来我认识孔圣人，也是在一个尴尬的时刻。那是在一个小学生传唱的儿歌里，儿歌是这样唱的："叛徒林彪、孔老二，都是坏东西。嘴上讲仁义，肚里藏诡计。鼓吹克己复礼，一心想复辟。红小兵齐上阵，口诛笔伐狠狠批！"这首儿歌是表演唱，最后还要高举左臂一跺脚，加上一个象声词"嗨"！现在看，这首杀气腾腾的儿歌严重的逻辑不清：两千多年前的孔老二如何成了叛徒？而他又怎么能跟当时的国家副主席勾结起来复辟呢？

我比较全面了解孔老二其人，是看了小人书《孔老二罪恶的一生》。这本小人书里历数了孔老二的"罪恶"。但我看完全书也没觉得这个陌生小老头有什么可恨？因为那本书里描写的都是孔老二的失败和狼狈：他从小巴结权贵、长大了又被权贵挤兑；在这个国家被驱逐、在那个国家被围攻；说是法家人物少正卯被他迫害，但高大威武的少正卯咄咄逼人，身后愤怒的群众波涛汹涌，倒霉的孔老二倒像是随时会被他踩死的人。看到孔老二晚年躺在破车上无家可归的样子，我真有点同情他了：这么大岁数混成这样，真是太可怜了。

前几年去曲阜孔庙参观，被告知孔庙不对外开放，因为中央电视台正实地拍摄祭孔大典，有许多中央和省里的大领导参加。没办法，我只能绕到孔先生的墓地去看看，墓地里也有很多人在叩头膜拜，大部分是中年人，看着他们虔诚的模样，我不由得暗想：这些人当年是不是也读过《孔老二罪恶的一生》？

地主周扒皮

小时候看小人书《半夜鸡叫》，地主周扒皮为了让长工早起床多干活，钻进鸡窝偷偷学鸡叫，让长工觉得天亮了，然后长工就起床下地干活。当时的周扒皮作为地主阶级的代表被牢牢地钉在耻辱柱上，他代表了地主阶级的狡猾和贪婪。如果说黄世仁、刘文彩是血债累累的恶霸地主的话，周扒皮就是普通广大地主阶级总代表，是地主的形象代言人。一提到地主，我们就联想到周扒皮那狠毒吝啬、贪婪可笑的嘴脸。

长大后有一次跟父亲聊天，父亲告诉我，其实我爷爷奶奶家就是大地主。奶奶的父亲，也就是我曾祖父，白手起家创下偌大的一份田产，家里雇着很多长工。我连忙问父亲，曾祖父是不是也想办法让长工多干活？父亲说那当然，哪个地主都希望长工多干活。父亲接着说，曾祖父的方法是常年跟长工睡在一起，每天带头起床下地干活，比长工收工还晚，长工们看见东家这样，就不好意思偷懒了。并且为了长工专心对待田地，曾祖父给长工吃得比自己还好，隔三岔五给长工吃白面烙饼摊鸡蛋，但他自己吃一把炒黄豆就算过年了。我听了这个故事十分费解，说："不是都说地主吃香的、喝辣的，啥活也不干吗？"父亲不屑地笑一下说："啥活也不干？那千顷良田从哪儿来的？吃香的、喝辣的，那是村里的二流子，正经庄稼人谁敢这么糟蹋钱？"

讲究营养的刘文彩

小学课本的最后一页阅读教材里，记录了一个人物——大地主刘文彩。这是个大名鼎鼎的反面典型，因为那时候批判和打倒的反面典型里，只有刘文彩是真实的人物，其他黄世仁、南霸天等都是虚构的，他们的故事也带有虚构的乏味和单调。只有刘文彩，他的罪行令大家耳目一新：喝人奶！我们理解人奶都是小孩子喝自己母亲的，一个老头子还喝人奶？这引起了我们巨大的好奇心。当年课本的编纂者编出这个无从考证的情节，无非是想让我们更加痛恨刘文彩奢侈糜烂的生活，但喝人奶这件事乍听起来耸人听闻，细琢磨又没什么血腥暴力的内容，我不明白刘文彩为什么放着红烧肉、炸带鱼不吃，而偏偏去喝人奶？那时候我所能吃到的营养品就是红烧肉、炸带鱼还有煮鸡蛋。滋补、保健、钙铁锌硒这些概念连听都没听过，所以我认为一个老头子喝人奶，一定隐藏着不可告人的毒辣，也许就像喝人血一样毒辣。这件事在班会上引起大讨论，但最终谁也不知道这个情节究竟该定什么罪名。

随着现代社会提倡母乳喂养，母乳的好处被充分挖掘出来，而且因为众所周知的原因，母乳比别的滋补品要难得、珍贵很多。我这才明白当年课本编纂者的一片苦心：跟红烧肉、炸带鱼相比，人奶才是真正的滋补品，只有用喝人奶这种登峰造极的事情才能刻画出大地主刘文彩奢侈糜烂的生活。只是当时的我们太孤陋寡闻了。

失败的诉苦大会

“文革”时期，每个单位和机关都召开过忆苦思甜大会，也叫诉苦大会。会议内容就是请苦大仇深的人来控诉旧社会的苦，感谢新社会的甜。那时候市内的忆苦思甜大会基本请的都是固定的诉苦人，这些诉苦人的故事经过千锤百炼，比较吸引人，而且他们临场经验多，不会乱说话。而我小学时参加的唯一一次诉苦大会，学校请的是一个第一次上台的人。

诉苦大会是冬天开的，那天诉苦人穿着一件露着棉花的旧棉袄，腰里用布带子胡乱扎住。也不知道是冻的还是紧张，他说话口齿不清，前言不搭后语，加上老师不时打断他的话站起来喊口号，我们就光顾着喊口号了，谁也没听他说什么。但是当他说到挨饿的时候，突然冒出一句：“要说挨饿啊，那六〇年低标准我真是饿坏了……”这时候全场突然安静了，准备喊口号的老师僵住了高举的手臂，瞪大眼睛看着台上。诉苦人说得很动情，低头抹了一把鼻涕，正准备开口讲六〇年是如何挨饿的，台上疾步走上一个工宣队干部，干部走到他身边耳语了几句，那人如梦方醒，顿时脸色苍白。我还记得他尴尬的眼神和下台时慌乱的脚步。

忆苦思甜大会过去后不久，我偶然在街上看到了那个说错话的诉苦人，他还是穿着那件破棉袄，身边还跟着两个同样穿着破棉袄的孩子。开诉苦大会时我以为他穿那件破棉袄是为了展示旧社会的穷苦，这时候看到他才知道，他新社会的装束也是这样的。

糕
糖
果
发展经

忆苦饭

我上小学一年级时，学校准备组织我们去近郊公社吃忆苦饭，我听说后很期待，因为这个活动跟“吃”有关。

一个周末下午，我们步行到达郊区红星公社。活动开始了，先是领导讲话，然后社员讲话，最后是学生代表发言。讲话全部完毕已经到了中午，全体师生饥肠辘辘，我也饿得眼冒金星，脑袋里不停猜测忆苦饭是什么滋味。这时，两个社员从大队部抬出几个巨大的箩筐，箩筐里是一堆黑乎乎的窝窝头。老师破例没让排队领取，同学们蜂拥而上包围了箩筐，一人抢两个，估计有三只手的会抓三个。我拿起一个刚咬进嘴里，喉咙一紧就差点吐出来！口腔里充满了一股怪味，粗粝的粮食颗粒混合发酸的菜叶子打磨着我的舌头。我偷眼看周围的同学，每个人都像我一样被噎得直翻白眼。而老师们每人都只拿一个黑窝头，小口小口优雅地咬着，我暗暗后悔多拿了一个黑窝头。这时候，校革委会主任向我们这边走过来，我身边的男生李文卫立刻大口往嘴里塞窝头，主任停在他身边，露出赞许的微笑，李文卫顿时来劲儿了，三口两口塞完手里的窝头，大步流星走到箩筐边又拿回两个！在我们自叹弗如的目光里，他大口吃完了四个黑窝头。

回学校的路上，李文卫突然呕吐起来，他蹲在路边足足吐了十多分钟，全是黑色的臭糊糊，熏得我也差点吐了。后来我知道那黑窝头是麸皮和野菜做的，平时用来喂猪，我们来了就是忆苦饭。

向贫下中农学习!

扫墓

我们上学的时候没有春游和秋游的概念，学校每年春天组织扫墓，秋天组织拾麦穗，大概就相当于今天的春游和秋游了。这里说的扫墓不是祭拜自家祖坟，是去烈士陵园缅怀先烈、继承革命传统。

每次去公墓前，都要自己准备好一朵小白花戴在胸前，还要穿上白衬衣、蓝裤子，少先队员要佩戴红领巾。扫墓对我来说是既无聊又没面子的事情，我们城市小，所谓烈士陵园只是一个有围墙的坟圈子，荒凉而狭小。一到清明节，全城的机关和学校从四面八方向这里集结，在公墓周围的土路上卷起滚滚黄尘。因为进公墓的人多，我们经常在路边列队等待，等其他扫墓团体退出公墓，我们才能进去，往往轮到我们进公墓的时候，大家都变成了黄扑扑的土人儿。

扫墓最重要的一项内容是对纪念碑宣誓，每次宣誓前老师都调整队形，让戴红领巾的学生站第一排，没有红领巾的站在后面。我们这些没有红领巾的只能缩在红领巾们的背后，他们举起右拳，铿锵有力地朗诵誓词，我们也不用举手，跟着人家叨咕一遍就行了。更没面子的是，有一年我的小白花做得特别好看，是用透明白纱纸做的，这朵小花被班主任看中，她公然从我胸前摘下，给领读誓词的班长戴上，而我戴上班长那朵发黄的卫生纸做的小白花。四年级时，我终于戴上了红领巾，那年扫墓时我很兴奋，特地做了一个漂亮的小白花，等待着被调整到第一排宣誓，谁知那天老师没有调整队形，因为几乎全班都是红领巾了。

革命烈士永垂不朽

拾麦穗

跟扫墓相比，拾麦穗就好玩多了，我们拾麦穗就在城郊，那时候城市小，步行去城郊农村只有几十分钟的路程。拾麦穗一般比上课出发早，迎着初升的太阳，我们高唱嘹亮的军歌，左肩挎着军用水壶，右肩挎着松松垮垮的书包——里面书本都腾空了，只装着各自从家带的午饭。

拾麦穗虽然是个辛苦活，一不留神就会被麦芒扎到胳膊，但一想到有一顿午饭在等待着，大家都分外卖劲。吃午饭的时候，大家在树荫下坐好，各自打开饭盒，你带了啥？我带了啥？偷偷打量着，互相攀比着。其实那时候大多数家庭带的饭都差不多，条件好点的带馒头或烙饼、一小撮滴了香油的榨菜丝，外加一个煮鸡蛋。条件差点的白馒头就换成黑高粱面窝头，菜就是一块自家腌的芥菜头。我拾麦穗带饭最奢侈的一次，引起全班艳羡。因为头天妈妈从粮站买了很多面包，那面包是粮站为处理陈面粉而粗加工的产品，里面除了一点糖没有别的，口感粗粝、甜中带着发酵过头的酸，有点像现在的玉米面发糕。但毕竟是烤制的啊，那淡黄色的硬壳看着就比馒头高级。那次我带了一个面包，还带了一头自家红糖腌制的糖蒜，除此之外我没有带煮鸡蛋，而是带了一只茶叶蛋，这又比白开水煮鸡蛋高级。那顿豪华午餐使我成为全班的焦点，我跷着兰花指，坐在田埂上像公主一样娇滴滴地吃完了午饭。

四人帮

粉碎四人帮的时候，全国上下一片欢腾，被压抑许久的人们长长呼出一口恶气。所有的机关单位和学校都上街游行，敲锣打鼓庆祝粉碎四人帮，有一首著名的河南梆子在我们河南的大街小巷流传："大快人心事，揪出四人帮！揪出四人帮、昂、昂、昂……"

深受其害的人们用各种形式来抒发对四人帮的憎恨，歌曲、诗词、话剧这些文艺媒体自不必说，就连日常生活也渗透进了对四人帮的讽刺和挖苦。那年秋天大家吃螃蟹都要三公一母，喻示"王张江姚"；"除四害"本来是指清除苍蝇、蚊子等害虫，现在也特指粉碎四人帮；演唱批判四人帮的三句半也要挑三个男的一个女的；哪个小团体要是三男一女，就会被大家戏谑说成四人帮。"四人帮"这三个字一夜之间臭名昭著。我们院子里大军他家兄弟三个，大军他妈妈特别护犊子，每当大军他爸爸要揍孩子的时候，他妈就挺身而出，跟儿子们沆瀣一气，于是大军他爸就把这母子四人定名为"四人帮"。大军他大哥的孩子到了上幼儿园的年龄，每次送孩子去幼儿园孩子都大哭大闹，鉴于大军他爸比较严厉，大家研究决定由他送孙子上幼儿园。

到了送孩子去幼儿园这天，大军他爸带孩子刚走到幼儿园门口，孩子意识到要进幼儿园了，突然撒泼，边哭边叫："我要四人帮！我要四人帮！"大军他爸爸吓得一激灵，看着周围人们纷纷投来的惊诧目光，他立刻抱起孩子，一溜小跑回了家。孩子无意中找到了爷爷的软肋，从此再有什么不如意，立刻就喊："我要四人帮！"

粉碎"四人帮"!

右派王贵田

家属院里有一个古怪的人，平时见不到他，每到发工资的日子他就出现在院子里，那风尘仆仆的样子总像是从很远的地方赶来。他常年穿着一件褪色的蓝中山装，肩头和大襟磨得发白，脖子里挂着一个白口罩，口罩一丝不苟地塞进衣服里，只露出两条脏成灰色的白带子。三七开的偏分头发梳得整整齐齐，不仔细看不会发现那头发很多日子没洗过了。他叫王贵田，是当年第一批分配来的大学生，但现在是个疯子。

此前我只见过又脏又傻、鼻涕哈喇的疯子，还从没见过王贵田这样斯文、理智的疯子。王贵田是在反右的时候被划成右派，又挨了打，就疯了。单位老领导同情他，也没送他去精神病院，还按时给他发工资。他平时也不上班，四处云游，到省里、中央上访，为自己鸣冤。经常有人在火车站看见他，也有人在北京见过他。粉碎四人帮以后，单位领导班子换了，没人再照顾王贵田，他被送进精神病院，后来他在精神病医院郁郁而终，冤案到死也没有得到平反昭雪。据说王贵田被打成右派的原因，是他当年参加医疗队去了信阳，在信阳他看到令人震惊的灾情，他给毛主席写信汇报，信被查扣，他被打成右派。

我最后一次见到王贵田是一个冬天的黄昏，快过年的时候。他领完工资从办公楼出来，掏出塞在领口里的口罩，在嘴上戴好，顶着风向火车站方向走去。那口罩出奇的雪白，在暮色中闪着凛冽的白光。

白衬衣

三十年前的孩子最时髦的装扮是白衬衣、蓝裤子、红领巾，我一上小学就得到一件白衬衣，是奶奶用粗白布手工缝的，那种布不是纯白，是牙白，手感粗粝，白色中还夹着细细的黄色纤维，放在今天是很时髦的纯天然布料，但那时候这是最土、最低廉的老粗布。而那时候洋气的布料是的确良、晴纶这类化纤面料。

五年级时我已经进入少女时代，很爱臭美，我希望得到一件真正的的确良白衬衣，而不是黄不黄白不白的粗布衣。记忆中那是我第一次向妈妈要衣服，而这个请求遭到妈妈无情的拒绝。我当时正好是叛逆的年纪，连续好几天放学一回家我就躺在床上，不吃饭，也不说话，满脸悲愤。妈妈对我比较了解，认定我这个没心没肺的家伙对饥饿没有免疫力，所以也不理我，任我折腾。老天助我，饿了几天后，我竟然发起高烧来，这下妈妈慌了，又是给我吃药，又是给我炖鸡蛋羹。我烧得迷迷糊糊，妈妈凑在我床前，轻声细语地问我想吃什么？我平时最爱吃的山楂糕、橘子罐头我都没说，嘴里坚定地吐出三个字：“白衬衣！”妈妈听了长叹一声，知道闺女这次是认真了。

等我病好下床时，床头摆着一件雪白的的确良白衬衣，那是第一件专门给我买的贵重衣服。这件事让姐姐和弟弟大受刺激，各种羡慕嫉妒恨写在他们脸上。姐姐甚至给我起了个外号：阴谋家。意指我装病博同情骗取白衬衣。

第一条连衣裙

当我进入少女期后，街上突然冒出各种各样好看的裙子，喇叭裙、直筒裙、百褶裙、西服裙，款式复杂、变化多端。这其中的连衣裙是最时髦、最新潮的款式，领导当时裙装新潮流。

我上初一那年，父亲去上海出差，一下子大开眼界，深感人家上海小姑娘穿得洋气，他激动之下花了十几块钱给母亲、姐姐和我各买了一块的确良。的确良开封也有，但花色跟上海比是天壤之别。我还记得我那块的确良的图案是白底淡蓝小花，飘一点黄色碎点，既活泼又素雅。自从的确良进家门，我就日夜盼望妈妈用的确良给我做一件连衣裙，在我们殷切的目光下，妈妈终于决定给我们姐妹俩一人做一件连衣裙！在此之前我只穿过半身裙，就是用一块花布对折缝上，用缝纫机砸上一根松紧带就成了，说是裙子，其实更像一个上下一样粗的水桶。而这次妈妈没有将的确良交给隔壁只会做水桶裙的王婶，而是拿着它到街上，找到新开的那家上海裁缝店，花六毛钱让那裁缝给我们做出来。去这家裁缝店的都是城里最时髦的人，他们店里有一本厚厚的《上海服装裁剪》，那是开封时尚界的《葵花宝典》。

新裙子做好后，父亲特地借了一台海鸥相机，带上穿着新裙子的我和姐姐来到公园，我在柳树下、小湖边摆出各种姿势拍照，隆重纪念我人生第一条连衣裙。

奇装异服

从六十年代到七十年代，统治国人服装概念的是“艰苦朴素”，“不爱红装爱武装”。在这种审美导向下，中国人的服装被简化到不能再简化的地步：秋冬男人基本都穿中山装，女人基本都穿小翻领的春秋衫；夏天则大家统一穿衬衣，衬衣唯一的款式就是袖口有一颗扣子。最时髦的就是洗得发白的绿军装、绿军帽。

改革开放后，从港台吹进了一股旖旎的春风，吹开了闭塞僵硬的社会观念，也带来了新老观念的激烈对撞。街上冒出许多闻所未闻的服装款式：西装、猎装、风衣、蛤蟆镜、牛仔裤、喇叭裤，这些新潮款式是小青年的至爱，但主流群体对此却充满了不以为然，并送给这些服装一个新词：奇装异服。尤其是上面紧兜住屁股蛋、下面喇叭花一样散开的喇叭裤，更是异类中的败类。还有遮住半张脸的大蛤蟆镜、男人梳着长及肩部的大背头，这都是传统人士眼里的怪胎。当时我们市内最繁华的马道街上，还有带着红袖箍的联防人员专门查奇装异服，态度好的说服教育，态度不好的当场剪掉裤腿或者头发。

对这些奇装异服我们学校教务主任用一句话概括：男人穿成这样是耍流氓，女人穿成这样是不要脸！我们学校贴过一张通告，细致地告诉大家，男孩头发超过两寸、留小胡子；女生留披肩发、穿没领没袖衣服；裤腿超过一尺八等都是奇装异服。那时候没有校服的概念，学生穿的都是自家做的衣服，这么细致的规定难免有人违规，于是教务主任每天早晨拿一把大剪刀守在学校门口，学生们闻风丧胆，再叛逆的人也不敢以身试剪。我们学校严格控制了资产阶级的奇装异服，净化了校园，得到家长们的交口称赞。

抵制资产阶级的奇装异服
解放思想
求是

排球女将

《排球女将》在中国上演的时候我刚上初中，正是狂热脑残粉的年龄。而这部剧描写的正是一群中学生的排球生涯，标准的青春偶像剧。小鹿纯子跟以往我们认识的小英雄雨来、草原英雄小姐妹们有很大不同。她跟我们一样有倔强、有动摇、有迷茫、有思索，还有朦胧的情窦，这一切使我们将她看成是我们的一员，跟着她哭、跟着她笑，贴心贴肺、顺理成章。

在那个没有网络的时代，我们追星的具体行动就是组成一支没有排球的排球队，院子里的女司令按照《排球女将》里的角色把我们进行了分配，有爱哭的泪包、有傲慢的阿亚子、有刻薄的美树，至于小鹿纯子则由女司令亲自扮演。每天早晨，"小鹿纯子"带领我们沿着台阶进行兔子跳，就是双手背后，蹲着向上跳；每天下午放学后，我们则站在砖堆和乒乓球台子上往下蹦，练习"晴空霹雳"和"流星火球"。为了演练逼真，我们用气球代替排球打，气球经常被打崩，损耗很大，不久气球就断了来源。这时候，一个队员从家里拿来一个白色的橡胶圈，吹起来之后跟气球一样，于是我们照打不误。但这个举动立刻被家长发现，不但没收了气球，还暴揍了那个提供气球的队员。后来我才知道，那白色气球是避孕套。

向女排姑娘学习

那些年我们做过的女排梦

中国女排首次夺得世界冠军那年，举国欢腾，接下来几年女排接二连三在世界夺冠，三连冠、五连冠，节节攀升，震惊世界。一时间排球成了中国人骄傲的代名词，尤其是电视剧《排球女将》播出之后，每个女孩子心中都种下一个排球梦。体育虽然一直是我的弱项，但我内心深处也对排球充满深深的憧憬。而那时候学校条件很有限，我们学校并没有因为女排的崛起而更重视排球，我这个体育后进生甚至连排球都没有摸过，更没机会见过排球专业运动员。

圆梦的一天终于到了，妈妈的大学同学邓阿姨要来家里做客，邓阿姨曾是大学排球队主攻手，相当于铁榔头，她曾带领校队夺得过省大学生排球赛冠军。我听了这些介绍，对邓阿姨的兴奋和仰慕之情如滔滔江水滚滚而来。邓阿姨光临那天，我放学一进门就听到客厅传来略带沙哑的“嘎嘎”笑声，一个胖胖的中年妇女坐在客厅里，正嗑着瓜子跟母亲聊天。那臃肿的体态和平庸的样子让我微微失望。妈妈拉过我，告诉邓阿姨我很喜欢排球，想当排球运动员，她听了又“嘎嘎”大笑：“专业运动员就算了，玩玩还是可以的。”看我露出不以为然的神色，邓阿姨撸起袖子露出双手，那是怎样的一双手啊，手指弯曲、指甲盖发黑，手腕上还贴着伤湿止痛膏，邓阿姨说：“因为打排球，我的手落下腱鞘炎，手指头也变形了。”我看了这双伤痕累累、丑陋不堪的手，犹如一桶凉水从头浇下，浪漫的排球梦被现实浇醒。

爱的罗曼斯

不知道从什么时候起，小青年们都爱上了吉他，公园里、马路边，经常能看见眉头微锁、神情专注的吉他手们，他们自弹自唱，吸引着过路女孩子们的目光。

我们家属院的小海就是一个吉他手，知青插队回城后小海没工作，就在家里琢磨吉他，攒钱买了一把二手红棉吉他，天天躲在小屋里弹。小海弹吉他并不像那些莽汉一样"嘭嘭"扒拉几下，没腔没调地怒吼几句，小海是真正地弹奏，很少唱，就用几根手指在琴弦上拨弄，行云流水般的旋律随着手指传出，似乎能将人心弹化了。后来小海恋爱了，女孩是市文工团的舞蹈演员，我们经常看到她苗条的身影出没在小海的小屋里。她一来，小海的小屋里就传出吉他曲《爱的罗曼斯》，每次听到这首曲子，我们这些小海的粉丝都会心一笑——这两个小情人正在屋里幽会，大家心里也替小海甜蜜着。但这段情缘遭到女方家长坚决反对，理由很简单：小海是待业青年，没有铁饭碗。那时候待业青年就等同于无业游民，跟流氓就差一步。小海妈听说对方嫌弃自己儿子，觉得很没面子，将那女孩臭骂一顿赶走了。

有一天我放学回家，还没进院子就听见小海妈的号哭声，原来，小海和他女朋友为抗议家长的反对，双双喝敌敌畏殉情自杀了。因为发现及时，后来两人都抢救过来了，但那女孩却再也没出现在小海家。小海不久也离开家乡去了南方，那把红棉吉他却并没有带走。

晚自习

初中后我们开始上晚自习。对于好学生来说晚自习是补习功课，对于无心向学的差生来说晚自习就是官方提供的一个娱乐平台——在夜色里逃脱家长的管制，少男少女们在一起扎堆儿，本身就是一件很刺激的事情。

我们班晚自习版图这样划分：前三排坐的都是比较乖的，老老实实学习的孩子，就算不老实，碍于这个位置也不得不压抑自己；中间两排是动摇地带，有聊天的、偷偷传纸条的，也有安心学习的；最后两排彻底是"解放区"，说笑的、打闹的，还有偷偷抽烟的，偶尔看到一个埋头苦读的，一定是在看小说。

那时候社会风气极其保守，同班少男少女是互相不说话的，谁说话谁是流氓。我所在的学校本身是三流学校，我们班也不是重点班，所以晚自习出现最多的副产品，是少男少女趁着夜色的掩护眉来眼去。平时有好感的，这时候会避开众人在树荫下说几句悄悄话；早就心仪的，会在操场边来个鹊桥会。那时候学生下课都是自己骑自行车回家，所以男孩子送女孩子回家也变得顺理成章。在这种氛围下，晚自习时候终于出了一件大事：在公共厕所后面抓到了一对谈恋爱的学生，当时两人正搂在一起亲嘴。这下可捅了马蜂窝，学校对他们进行了严肃处理，这对"小鸳鸯"被双双开除。

鉴于这个风化案件的教训，学校规定晚自习采取自愿方针，想上的就来，不想上的可以不来。结果出乎老师意料，爱学习的好学生都不来了，那些不爱学习的反而天天来。

都是荷尔蒙惹的祸

粉碎四人帮以后，政治解冻、人性解放，呆板的社会风气为之一变，谈恋爱变得名正言顺，再也不用偷偷摸摸，甚至被当成耍流氓抓起来了。公园里、小河边一下子冒出很多恋爱中的情侣。那时候没有任何性教育、更没有黄色书刊和日本AV，发育期的孩子了解性知识全靠猜测和自学，于是被荷尔蒙冲昏头脑的青春期大男孩们最爱干的事儿，就是去公园和河边树林里偷看谈恋爱。那些在花前月下卿卿我我的人们，变成了大男孩们性启蒙的活教材。

我们学校地处偏僻，学校围墙后边有一个不大的小湖泊，天一擦黑，小湖边经常有三三两两热恋中的男女出现。不知道从什么时候开始，我们班男生在上晚自习的时候经常魂不守舍地交头接耳，有时候晚自习还没结束他们就溜出教室不见了。

有一天正上晚自习，突然走进来一个水淋淋的男人，他两只手各拧着一个我们班的男生。班主任老师一惊，立刻迎上去问原委，这男人说，他跟女朋友正在水边坐着聊天，突然一颗大石头从天而降，摔在他们面前的湖水里，溅了他俩一身一脸的水，女朋友当场就吓哭了。他起身后发现扔石头的是躲在身后树上的俩坏小子，他冲过去三下五除二擒住了他们，问明出处，押送回来了。班主任听了直夸那男人身手好，否则俩坏小子就漏网了。那男人自豪地说："我插队时候宰过猪，他俩还能有老母猪的劲儿大？"

金梭和银梭

伴随着改革开放的脚步，从七十年代末开始，跳舞热潮悄悄在中国兴起，最开始是家庭舞会，小规模，小圈子，跳的也是比较传统的交谊舞。后来风气开放，社会上渐渐出现商业舞厅，机关单位、大学校园也开始组织舞会，工人文化宫、群众艺术馆这些专业机构更是领导舞会新潮流。这时候集体舞、迪斯科、摇摆舞渐渐进入舞厅，各种舞步摇曳生姿，被压抑、被禁锢的人们仿佛要用手舞足蹈的方式来欢迎这个新时期。

那时候有一个歌舞节目令我印象深刻，名字叫《金梭和银梭》。“金梭和银梭日夜在穿梭，时光如流水督促你和我，年轻人别消磨，珍惜今天好日月，好日月”，这歌词跟当时百废待兴的社会状态、各行各业跃跃欲试的兴奋劲儿非常合拍。舞者是一男两女，男的穿着令人脸红的紧腿裤，裆部鼓出一块；女的穿着纱裙露出大腿。他们的舞步欢快轻柔，配着娇媚、活泼的歌曲。在此之前中国人看到的舞蹈大都是集体舞，偶尔男女同台，也只是《常青指路》和《大春救喜儿》这类沉重的革命戏，从没见过这类动感十足的男女歌舞。此曲一出立刻风靡全国，黑白电视机里每天中午都准点播放这个歌舞，两女一男欢快的舞蹈和歌声伴随着家家户户的锅碗瓢盆交响曲。

有文艺青年将它改编成了集体舞，各个机关团委都带头学习这个集体舞，这歌舞节目也被复制到了舞厅，有专门教练手把手教大家跳。跳的时候整个舞厅里的人在教练的带领下，整齐划一的踢腿、甩头、摆臂，气势如虹。当时跳这个集体舞的都是朝气蓬勃的年轻人，充满活力和激情。不像今天的《最炫民族风》，主要是中老年人跳，不像集体舞，更像健身操，再多人也跳不出当年那种欣欣向荣的劲头。

工人文化宫

舞会

顺着记忆的脉络寻找当年的自己

——那个穿着补丁裤、戴着红领巾的小豁牙子，

她灿烂的笑容和纯真的眼神，

都属于一个消失很久的年代。

图书在版编目（C I P）数据

光阴拼图 / 荆方著 . -- 北京 : 新星出版社 ,2013.9
ISBN 978-7-5133-1228-8

Ⅰ . ①光… Ⅱ . ①荆… Ⅲ . ①随笔－作品集－中国－当代 Ⅳ . ① I267.1

中国版本图书馆 CIP 数据核字 (2013) 第 224803 号

光阴拼图
荆方 著

责任编辑：汪　欣
特约编辑：刘向林
责任印制：韦　舰
策　　划：时尚博闻

出　　版：新星出版社
出 版 人：谢　刚
社　　址：北京市西城区车公庄大街丙 3 号楼 100044
网　　址：www.newstarpress.com
电　　话：010-88310811
传　　真：010-65270449
法律顾问：北京市大成律师事务所

读者服务：010-65871909 bowenbook@trends.com.cn
邮购地址：北京市朝阳区光华路 9 号时尚大厦 2003 室

发　　行：北京时尚博闻图书有限公司
电话：010-65871911 邮箱：bowenbook@trends.com.cn

印　　刷：北京利丰雅高长城印刷有限公司
开　　本：787mm×1092mm 1/16
印　　张：13
字　　数：54 千字
版　　次：2013 年 10 月第一版 2013 年 10 月第一次印刷
书　　号：ISBN 978-7-5133-1228-8
定　　价：52.00 元